刀語（カタナガタリ）

西尾維新

第十話

誠刀・銓（セイトウ・ハカリ）

BOOK & BOX ORIGINAL DESIGN by VEIA

刀語

カタナガタリ

第十話

誠刀・銓

插畫：竹
書法：平田弘史

序章

■ ■

「——■■■。」

燃燒。

燃燒，燃燒。

燃燒，燃燒，燃燒。

紅紅的火焰熊熊燃燒，

點燃了所有，

燒去了一切，

蔓延成一片火海。

「■■■——聽我說。」

火焰宛若擁有生命一般，不斷地擴張繁衍，形成了一張火網，包圍一切。

宛若保護著我們一般。

「■■■。」

在一片難以喘息的騰騰熱氣之中，

你喚著我早已遺忘的名字，對我說道：

「看來我是失敗了，如今的狀況已沒有轉圜的餘地，我已無力回天。」

你終於死了心。

不，不對——你打一開始便死心了。

雖然我完全聽不懂你所說的話，但我敢肯定。

打從一開始，你便已明白自己的企圖將以失敗告終，明白自己會落得如此下場。

雖然我忘了，但我知道。

你根本無意成功——這便是你最惡劣之處。

你沒有成功的打算，卻有失敗的打算，哪還用得著回天？

包圍四周的火網、嗆人的迷濛熱氣，不都正如你所願？

一如當初的計畫。

你處心積慮，大費周章，全都是為了親眼看著自己的計畫失敗，所以你現在才能泰然自處，了無遺憾。

「嗯，原來如此，我便是這樣失敗的。有意思，當真有意思。」

你說道。

是啊！你雖然知道自己將會失敗，卻不知自己如何失敗。

歷史如何修正歷史，

如何將你剷除，

並不在你的計畫之內。

對你而言，這場死傷上萬的戰爭唯一的意義，便是測試你的失敗方式。

「這歷史錯得離譜。」

你又重複著我已遺忘的話語。

「我已經充分顯示出它的錯誤——我的任務已了。唉！真是個麻煩的差事啊！我再也不幹了。我根本不適合這種差事。我只想和家人悠閒過活，為何得吃這種苦頭？」

你說道：

「也罷，至少該說的話，我全都告訴妳了。」

該說的話？

你在說什麼？

你什麼也沒說啊！

我什麼也沒聽見。

我和你彷彿處於兩個世界。

你究竟要我從你身上學得什麼？

「唉呀！」

你瞥了火焰之外一眼，臉帶笑意。

「就算不管我，我也得葬身火海，可偏生有人就是這麼一板一眼，真傷腦筋。我多希望最後和我說話的人是■■■，可惜天不從人願，歷史不肯順我的意——罷了。」

你轉向我。

「妳乖乖躲在這兒，千萬別出來。倘若歷史真如我所猜想，從這個失敗所得到的教訓為真，妳應該不會死。妳將在這個殘酷的歷史上活下來，目前歷史尚不至於將妳剷除。」

你說著莫名其妙的話語。

「若要遵從武士道，此時我該殺了妳……但我怎麼下得了手？縱使這是糾正歷史謬誤所不得不為，就算其他人都死絕了，我還是辦不到。」

你繼續說著我遺忘的話語。

「要我殺自己的女兒——我下不了手。」

說著，你把我推進一個狹窄的處所。年幼的我無力抵抗。

當時的我怎麼了？

大哭大叫？生氣怒吼？

不知道，我想不起來。

唯一想起的，是你推開我之後，便有一名男子穿越了火網而現身。

他是個劍客，卻未佩帶刀劍。

無刀的劍客。

「唉呀！前來取我性命的果然是你啊！六枝老弟。」

你吊兒郎當地說道。

無刀的劍客未曾瞧上我一眼，只是對你說道：

「[redacted]。」

我不知道他說什麼。

我記不得，也不願想起。

因為他——因為無刀的劍客殺了你。

你明知將死在他的手下，為何還能哈哈大笑？

「實在有意思啊！六枝老弟，現在我只能死在你手上，而你也只能殺我。我沒有半條計策能對付你的劍法，但你卻有千百種方法殺我。我們同樣身為人，為何差異如此之大？」

「[redacted]。」

「不，別誤會，我既非怨天尤人，亦非自暴自棄，只是覺得滑稽而已。都被逼到死路了，我卻完全不緊張，實在有意思。而歷史竟能謬誤至此，也是件極有意思的事。」

你如此說道。

「[redacted]。」

「非也。六枝老弟，你才是最受歷史束縛的人——不，受到束縛的是你虛刀流一派。你要犯蠢是你的自由，但可別把你的愚蠢傳給後世啊！別讓你的兒女背負這種沉重的十字架。」

「[redacted]？」

「怎麼，你聽不懂？不懂便罷，反正我也沒奢望你懂。我並不厭惡你這樣的人，和你為敵，我感到非常遺憾。可惜啊可惜，如果你站在我這一邊，定能導正歷史——也罷，說這些無濟於事。」

說完，你背向無刀的劍客，面對著我坐了下來。

你看著我，神色自若，一如平時，彷彿在嘲笑著錯誤的歷史。

「[redacted]——[redacted]！」

無刀的劍客舉起不存在的刀，往你的脖子掃去。

你毫不抵抗。

「[redacted]！」

你在最後一刻大叫：

「我必須離開了，但有句話我一定要說！就算妳完全不懂我所說的話，就算妳把我忘得一乾二淨，唯有這句話，妳絕不可忘記！」

然而——

我卻忘了這句話。

「妳是我■■■■■！」

這句話如此重要，我卻遺忘了——連同髮色一道遺忘了。

■

■

集刀漸入佳境。

奇策士咎女回到了不為人知的故鄉陸奧。

傳奇刀匠四季崎記紀所鑄的十二把完成形變體刀只剩三把尚未集得。故事只剩三話，越近尾聲，越為精彩，不容錯過！

奇策士咎女，否定姬，真庭忍軍。

三大勢力相爭，鹿死誰手，即將分曉！

武俠刀劍花繪卷。

屍體解體時代劇。

刀語第十卷，就此展開！

一章

汽口慚愧（回想）

■■

這回給各位看官賣個關子，先來個回想場面；不過回想的倒也不是多久以前的事。

一個月前。

尾張幕府家鳴將軍家直轄預奉所軍所總監督奇策士咎女與虛刀流第七代掌門鑢七花，為了蒐集四季崎記紀所造的十二把完成形變體刀之一——王刀「鋸」而來到了出羽天童的將棋聖地將棋村；接下來要說的，便是他們離開村子之前的事。

王刀「鋸」的主人——心王一鞘流第十二代掌門汽口慚愧與絕刀「鉋」、斬刀「鈍」、千刀「鎩」、薄刀「針」、賊刀「鎧」、雙刀「鎚」、惡刀「鐚」、微刀「釵」等八把刀的原主大不相同，是個猶如弦上之箭、蓄勢待發的女子；而王刀「鋸」亦是把與眾不同的刀。

它雖是日本刀，卻是木刀；

雖是木刀，卻為真刀。

在四季崎記紀打造的諸多刀劍之中，王刀是唯一一把不具毒性的刀；它甚至可吸取毒性，解除毒性。

獨守道場的汽口慚愧交出王刀「鋸」之後，隔天鑢七花又獨自造訪了心王一鞘流道場。

至於咎女，則是留在客棧之中打包王刀「鋸」及撰寫奏章，以將奪得王刀「鋸」的過程上奏朝廷。其實說穿了，正是因為咎女忙著打包及撰寫奏章，七花無聊得緊，只得上心王一鞘流道場消磨時間。

打包倒還快，奏章寫起來可費時間了，七花沒耐性等候。如今尾張幕府上下都十分關注集刀一事，也難怪咎女寫起奏章來格外慎重。

豈止如此，連幕府內的政敵——奇策士咎女的天敵，尾張幕府家鳴將軍家直轄稽覈所總監督否定姬也會檢閱這份奏章，因此咎女更是不能盡數照實呈奏，須得虛虛實實、假假真真；如此一來，撰寫起來也就格外費時了。

七花對於官場上的勾心鬥角向來不在行，光是待在同一個房間裡便感到氣悶，所以才決定前往位於將棋村中央的心王一鞘流道場。

七花曾拜入汽口門下，在這座道場練了十天的武，難免生了些許眷戀之情——當然，他身為虛刀流現任掌門，該不該留戀別的門派，又是另外一回事了。

「嘿！」

七花脫下草鞋，進了道場。

他對這座道場的格局已是瞭若指掌。

「哦？這不是七花公子麼？」

汽口回道，不過是在練完劍以後才回話。七花進入道場已有好一陣子，但她全神貫注於練劍之上，竟是渾然不覺。

她手上的木刀已非王刀「鋸」，但並未因此而有所改變。

汽口一面拿著手巾拭汗，一面走向七花。

「怎麼了？」

汽口問道，七花不知如何回答。

七花來訪並無特別的理由，只是不想待在客棧裡，習慣成自然，才到道場裡來。

見七花答不上話，汽口主動開口：

「先前七花公子與咎女姑娘曾說要在明後兩天裡回尾張，我也打算前去送兩位一程；今日七花公子登門來訪，莫非是行程有了變化？」

「不，不是。其實我來也沒什麼事。」

說著，七花朝著汽口手上的木刀伸出了手，問道：

「木刀能借我嗎？」

「當然。」

汽口將手上的木刀遞給七花，臉上卻略顯困惑。

這也難怪。汽口已經知道虛刀流所傳者乃是不用刀劍的劍法，莫說木刀，舉凡石刀、真刀等各類「刀劍」，七花俱不能使；但眼下七花竟然主動開口相借木刀，換作汽口以外的人聽了，也要大惑不解。

七花並未理會汽口的反應，舉起了木刀。

想當然耳，

七花的木刀刀法依舊拙劣；

豈止拙劣，他甚至覺得一碰木刀便渾身不對勁。

七花拜入心王一鞘流的十天之內日日習刀，卻一點兒長進也沒有。光是木刀便已如此，那麼換作是真刀、四季崎記紀所鑄的變體刀，甚或是完成形變體刀的話，又會如何？

「……七花公子？」

汽口滿臉擔憂地說道：

「我瞧你臉色不大好，請別太勉強自己。」

「唉呀，我又不是拿了刀就會生病。」

七花雖然這麼說，還是立刻將木刀歸還汽口。

「話說回來，和妳交手之後，我才明白虛刀流是個多麼古怪的門派。從前在島上的時候，我根本沒發現。」

說到這兒，七花才察覺自己前來道場的真正原因。

是了，汽口昨天說的那句話一直在我的腦海裡盤旋不去，所以我今天才會前來。

什麼不想待在客棧裡、難捨道場、習慣成自然，都只是藉口而已。

七花耿耿於懷的，

是汽口的那句話。

「妳還記得昨天對我說過的話嗎？」

「……？」

汽口微微傾首。

「昨天的哪句話？」

「詛咒那句。」

「哦！」

七花提醒得不清不楚，不過汽口還是想起來了。她雖然有點兒食古不化，腦筋卻很靈光。

「『簡直像是詛咒』——我的確說過這句話，來形容七花公子未拿刀時反而比拿刀時更為厲害。現在回想起來，這話實在失禮得很。我在此向七花公子賠個不是。」

汽口低頭賠罪。

七花連忙說道：

「不，用不著賠罪。」

辭不達意。

七花原本是個不懂世事又不識相的野人，但和奇策士咎女一道旅行了半年多，總算懂了些人情世故，也變得識相多了。然而正因為如此，他現在和別人說起話來總覺得格格不入。

他恨自己嘴拙，沒能學到咎女的半分嘴上功夫，說起話來總是辭不達意。

「我也有同感。雖然我以前從沒這麼想過，可是聽妳一說，卻覺得很有道理。所以——」

虛刀流上自第一任掌門鑢一根、大亂英雄鑢六枝，下至現任掌門鑢七花，全都沒有使刀弄劍之能，因此才成為不使刀劍的劍客。

「我想向妳請教『詛咒』之事。」

七花身為奇策士的忠僕，卻瞞著她偷偷前來道場，便是為了此事。

「唉呀，七花公子——」

汽口面露難色。

「我未經深思，胡言亂語，用了『詛咒』這個字眼，實乃戲言，並非真有詛咒之事。」

「是嗎？」

「是。我不該胡說八道，平添七花公子的煩擾。說來是我反常，平時的我是決計不會說那種話的。」

說著，汽口又低頭賠罪。

七花並非要她道歉。

「唔……」

也對。其實七花也不是真心認為自己不善使刀劍乃是出於「詛咒」，他壓根兒不信這回事。咎女亦然。

七花與咎女雖然立場各異，卻同為現實主義者。

「因為錆那小子也說過相似的話，我還以為真有詛咒這回事呢！」

「錆？」

汽口對這個名字起了反應。她使的雖非殺人劍，而是活人劍，但身為劍客，聽見這個名字斷不能無動於衷。

「七花公子說的是錆白兵？」

「對……咦？我沒說過嗎？他和妳一樣，都是完成形變體刀之主。」

「是麼——」

汽口語帶驚嘆。

七花這話說得太過籠統。鑄擁有的完成形變體刀，乃是天下間最薄、最脆弱也最美麗的薄刀「針」；而這把刀是鑄在與七花對決的半年之前奪來的，和代代相傳的心王一鞘流不可相提並論。就這一節之上，鑄白兵與汽口慚愧可說是完全不同。

然而七花解釋不了這麼多。

他雖然也自覺說明得過於簡略，可又懶得補述。反正只要讓汽口知道他曾與鑄交過手，也就夠了。

「這麼說來，七花公子勝過了有日本第一高手之譽的鑄白兵？說來慚愧，我忝為劍客，竟然未曾聽聞如此重大的消息。」

「這消息在九州一帶廣為流傳，但我和鑄白兵是在周防巖流島上決鬥，因此風聲尚未傳到江戶和這一帶來。」

這話是咎女說的，七花只是現學現賣。

「不過遲早會傳開來的。」

「七花公子先前為何沒提及此事？」

「見了我使木刀時的醜態，就算我說我勝過了錆白兵，只怕妳也不相信吧？」

「那倒是。」

汽口點了點頭。她雖未再次賠罪，臉上卻浮現了羞慚之情；或許這話聽在她耳裡成了諷刺。

七花暗惱自己的嘴拙，對汽口萬分過意不去。其實汽口慚愧與七花的性子完全相反，一本正經，一板一眼；換作其他人，談起話來也不投機。

「那麼錆公子說了什麼？」

「呃……」

聞言，七花回想道：

「他提到記紀的血統……還說虛刀流受了束縛。」

「束縛？」

「對，他說虛刀流受四季崎記紀束縛，無法擺脫他的血統，還說這是因為虛刀流是四季崎記紀的『遺物』……老實說，我根本聽不懂他在說什麼，咎女也覺得莫名其妙。」

「不光是七花公子，連咎女姑娘都這麼認為麼？那就真的是莫名其妙了。」

這話在無意之間大大貶低了七花的腦筋，不過七花與汽口性子雖然相反，卻同是毫無心機之人，因此並未反駁或訂正，繼續把話說了下去。

也唯有此時，他們說起話來才圓融通達。

「妳說的『詛咒』和錆說的『束縛』，在我聽來是同一個意思；唉！或許實際上並不相干吧！你們同為劍客，說話自然有相似之處了。」

「我豈能與劍聖相提並論？」

「別謙虛了。老實說，沒能和妳這樣的高手全力較量，我覺得很遺憾。」

「未能應七花公子之請，我也覺得遺憾萬分，但這是本派的規矩。身為心王一鞘流掌門，決計不能為逞凶鬥狠而揮劍。」

說到這兒，汽口閉口沉思；汽口一沉默，七花也說不上話，只能等她再度開口。

「我雖不能應七花公子之請全力應戰，卻能略微消解七花公子心中的煩悶。」

「唔？」

「請稍候。」

說著，汽口便走向牆邊，將七花歸還的木刀擱到地板上，並脫下汗水淋漓的道服，折好放在木刀旁。

汽口穿著厚實的道服之時便已顯得相當纖瘦，如今脫去道服，看來更是苗條。為免妨礙練武，她那微微隆起的胸脯用捆胸布捆得緊緊的。

汽口並未脫去寬口褲，就這麼走到道場中央。

七花見狀，並未因此移開目光。

他的心智仍未成熟，見了赤身裸體的姑娘家並不羞怯，只是奇怪汽口何以有此舉動。

「七花公子，請過來。」

汽口說道。

「……？做什麼？」

七花嘴上雖然這麼問，還是依言走向汽口；然而當他走到數步之外，腳便自然而然地停住了。

因為他察覺了汽口散發的霸氣——又或許是鬥氣。

不錯，

正如昨天比武之時——

「我想七花公子也該明白了。」

說著，汽口擺出了起手式；

但她用的並非劍法的起手式，而是拳法。

「這回我要赤手空拳和七花公子較量。」

鑢七花已和汽口慚愧比試過三次，第一次與第二次雙方皆是手持木刀，第三次則是七花空手，汽口持刀。

如今汽口要與七花比第四次武，雙方皆是赤手空拳。

「妳……也懂拳法？」

「容我賣個關子。」

汽口回道：

「七花公子試試便知。不過這是我頭一次不用劍比試，還請七花公子手下留情。」

「…………」

第四次比試。

這回沒有咎女當公證人，也沒人宣布「比武開始」；七花身形移動之時，即是比武開始之際。

七花不明白汽口的用意，只好順水推舟，使了記手刀。他未使全力，手刀的勁道減了不少，速度卻因而大增。

然而汽口卻輕易格開這記直打胸口而來的手刀，竄入了七花懷中。

轉眼間，對手便逼近了跟前。

「…………！」

這下子七花可緊張起來了。雖說這場比試來得突然，七花來不及收束心神，可這還是他與錆白兵決鬥以來頭一次被人輕易欺至跟前。

七花忍不住反手還擊，

這一擊乃是全憑反射神經而出。

「虛刀流──『木蓮』、『野苺』！」

七花以膝蓋及手肘攻擊汽口。這兩招乃是用在敵我距離極近之時，「木蓮」

是膝蓋飛踢，「野莓」則是雙肘連打，皆是連攻同一部位所用的招式，對手一旦中招便會皮開肉綻。

七花無使盡全力之意，

但招式出於匆促之間，難以斟酌力道。

只見汽口雙腳釘在原地，上半身往後一仰，避過了七花的膝蓋與手肘。

接著她往七花的胸口頂頭一撞，去勢雖輕，但七花剛揮了個空，重心不穩，竟被撞歪了身子。

七花後退一步，勉強支持不倒，汽口乘勝追擊，壓低身子，伸掌擊向正上方。這一掌掠過了七花的下巴。

「嗚——」

七花腦袋微微一震，卻仍勉強抓住了汽口的手臂。

七花以為只要抓住對手，便是他的天下。

虛刀流所傳者乃是劍法，素以劍客為假想敵；但這並不代表虛刀流的武功對付不了拳法。

好比鑢七實，不也勝過了真庭蝴蝶？

七花生長的不承島視刀劍為禁忌，環境特殊；整整十九年來，七花都是在前任掌門鑢六枝空手餵招之下習武，是以他還頗為懷念與人空手比武的日子。

「虛刀流──『桔梗』！」

七花順勢扭轉汽口的手臂。這招能同時制住對手的肩膀與手肘，只要成功，勝負立判。

然而汽口這回卻靠下半身來對付此招。不待七花扭臂，她便自行轉了一圈，硬是甩開了七花的手。

非但如此，汽口又乘著旋轉之勢，加上全身重量，以肩頭撞擊七花。

這次七花結結實實地中了招，所幸他與汽口的體格及體重相距甚大，未被撞飛；只不過不知汽口是刻意瞄準或是湊巧，纖細的肩膀不偏不倚地撞上七花的肺臟，令七花一時之間喘不過氣，亂了呼吸。

然而，七花無暇調勻氣息，索性屏住呼吸反擊。

七花須得拉開距離，否則難以出招，只能任憑汽口宰割。

此時七花終於明白汽口脫去上衣，乃是為了方便活動。此時的她身手迅捷，與身穿護具、手使木刀之時全然不同。

七花雖然明白，卻適應不過來。

在他心中，用劍的汽口慚愧與眼前的汽口慚愧並不一致；他所料想的速度比現實中的還要慢上許多，令他無所適從。

因此，他屏住呼吸而出的招式依然被汽口輕易閃開，淪為無謂的掙扎，甚至還替汽口製造了機會。

這回汽口由上往下發掌。

這一掌本來應該是對準腦門而發，但由於汽口個頭遠不及七花，只能打向七花的鎖骨。

正因為「汽口個頭遠不及七花」，七花完全沒想到汽口會從自己的頭上進招，只能勉力閃躲，無暇他顧，竟沒發現這一掌只是起頭。

「喝！」

汽口一掌未中，便順勢按地屈身，下半身一翻，成上下倒立之勢，朝七花斜刺踢去。這招本來該對準敵手的脖子，但這回又因為身高差距，只能由七花腋下攔胸掃過。

這招倒立踢腿完全在七花的意料之外。

雖然虛刀流亦有類似招式，但他沒想到汽口竟能使出這類招數。

「嗚，哈！」

七花硬生生地以胸口挨下了這記踢腿，並趁機抬腳一勾，把汽口給勾了起來。

此時汽口只有單手支撐地面，自然是抵擋不住，翻了個四腳朝天。七花料想她立刻便會起身，又迅速拉開距離，擺好起手式。

「唉呀！疼死我了！」

然而——

汽口卻跌坐在地，並未起身。

「不愧是七花公子。我原以為還能多支持些時候，看來這已經是極限了。我認輸了，七花公子。」

「咦？」

「這麼一來，便是四戰一勝三敗。唉，甘拜下風。」

汽口這才站了起來。

「如何？我可有為七花公子分憂解悶？」

「……我還是一頭霧水。」

七花也卸去了起手式，坦白說道：

「原來妳不光是懂劍法，也懂拳法？妳身手這麼了得，何必謊稱是頭一次不用劍比試？」

「我並未撒謊。我這個人生性迂腐，撒不得謊。」

汽口說道：

「七花公子，這便是我的言下之意。我的劍法雖然還不到家，可也勉強稱得上是一流；所謂『熟一藝通百藝』，融會貫通之後，空手打鬥倒還不成問題。」

「豈止不成問題，根本是高手啊！」

「我不加說明便要求七花公子與我比試，正是為了虛張聲勢。七花公子只是沒料到我會用拳法，一時措手不及而已。」

「嗯，也對。」

「再者，我用的其實並非拳法。方才那些招式不過是依樣畫葫蘆而已。」

「……換言之……」

七花思索汽口話中的含意，得到了一個結論。

「我一拿木刀就變得蹩腳不堪，果然不合常理。活像是我的身體拒絕碰劍似的。」

「不錯。」

汽口點頭。

「所以我才用『詛咒』二字形容。錆公子以『束縛』稱之，應該也是出於相同的道理。劍法二字聽來高深，其實說穿了不過是揮棍打人，稱不上是精細的武功。一般習武之人拿了劍，斷無變弱的道理。」

「妳的意思是，就像妳空手也能打鬥一般，即使我拿了劍沒變得更厲害，至少也該保有一定水準？」

「又或許只是成見所致。」

汽口語帶保留。

「七花公子自幼以來所受的教誨，便是虛刀流不該用劍，否則武功不增反減；或許七花公子便是因為這種觀念深植於心，才會——」

「我想應該不是——不過也不能說毫無影響。」

連七花那個不世出的天才姊姊——
——也未能擺脫這個「詛咒」。
鑢七實會輸給弟弟七花，便是因為她身為虛刀流之人，卻用了四季崎記紀的完成形變體刀惡刀「鐚」之故。
「是麼？不過事出必然有因，否則便不合道理了。」
「嗯。」
「心王一鞘流之所以為心王一鞘流，有其道理存在；七花公子的虛刀流亦然。或許虛刀流的道理便與這一點有關。我身為劍客的直覺告訴我，七花公子不能使刀劍，應該不只是缺乏才能使然。」
心王一鞘流第十二代掌門汽口慚愧下了如此結論。

■■

以上便是上一卷未能述及的場面。
後來，奇策士咎女發覺七花不見人影，追到了道場來，卻瞧見兩名劍客偷偷幽會（其中一個上身赤裸，另一個只纏著捆胸布），於是又醋勁大發；不過這已是司空見慣，不足為奇，在此便略過不提了。

二章 百刑場

■■

奧州霸主飛騨鷹比等。

在他的治理之下，奧州盛極一時，足以媲美京都及家鳴將軍轄下的尾張；不過這都是大亂發生之前的事了。

大亂。

尾張盛世之中的唯一戰事，便是大亂；然而近年來，百姓多不識大亂為何物。

說來也難怪，大亂已是二十年前的事了；不識戰爭的人越來越多，不知奧州曾經風光一時的人也與日俱增。對他們而言，奧州只是一塊冷清荒僻的土地。

唯一值得一提之處，便是百刑場——過去飛騨鷹比等的牙城飛騨城的遺址，亦是叛軍斬首示眾之所。

■

■

「……呿！」

一踏入百刑場，奇策士咎女便面露不快之色，呿了一聲。

她生了一頭與景色格格不入的白髮，身穿婉美十二單衣的華服，腳踩雪屐，正是旅行時的一貫裝束；唯獨表情與平時大相逕庭，顯得異常不悅。

站在她身旁的男子上身赤膊，下身著寬口褲，腳纏綁腿，手戴護臂，生了一頭亂髮，正是虛刀流第七代掌門鑢七花。七花雖然蠢笨，卻也發現了咎女的反常，既不敢多說一句話，也不敢瞧上她一眼，只能把臉對著正前方。

他的正前方即是百刑場，亦是飛驒城的遺址。

百刑場曾是公開處刑之所，但也只有在大亂結束後的幾年間使用，是以並無建築雕飾，毫無遊賞價值；如今更是只剩下一片空蕩蕩的原野，完全看不出刑場及城池的痕跡。

當年飛驒城付之一炬，未留半點兒餘燼；用作刑場之時，行刑方法亦是稀鬆平常，並無可觀之處。若是當年來到此地，或許看到的景觀也和現在相去不遠。

七花原本以為這裡會是陰風陣陣、鬼氣森森。

當然，這話他不敢說出口，因為他的身旁有個皺眉蹙眼的奇策士咎女。

咎女的近親遠戚幾乎全都死在這個刑場裡。

「…………」

尾張幕府家鳴將軍家直轄預奉所軍所總監督奇策士咎女——本名不詳、來歷不明的她位居幕府高官，其實卻是奧州霸主——叛亂主謀飛驒鷹比等的女兒。

她之所以投身於幕府之中，蒐集完成形變體刀，建功立業，全都是為了接近家鳴將軍，為父報仇。

她會如此反常亦是情有可原，因為百刑場正是她報仇的理由所在。

而殺了飛驒鷹比等的，正是七花的父親——「大亂英雄」鑢六枝，因此七花更是不敢貿然開口。

既然此處是飛驒城的遺址，那麼便是飛驒鷹比等喪生之地了。

七花回想起父親說過的英雄事蹟。

當年鑢六枝單槍匹馬，闖進了熊熊燃燒的飛驒城，取走了原本該和飛驒城一起化為灰燼的飛驒鷹比等首級。正是這份功勞，讓他成了「大亂英雄」。

對於日後流放外島的鑢六枝而言，這時候正是他的全盛時期。

百刑場不但是奇策士咎女復仇大計的原因所在，亦是咎女與七花相識的緣由；雖然是片空無一物的原野，卻有著極深的淵源。

「……我越想越不痛快。」

過了良久，奇策士總算開口說話了。

他們初到此地之時，日頭尚高掛空中，但此時卻即將西沉，足見咎女沉默了多久。

七花個性憨直，竟是一聲不吭，奉陪到底。

「集刀一事原本盡在我的掌握之中，可是不知不覺之間，竟變成否定姬在指揮擺布。」

「……是啊！」

七花點頭。

「她先是指使咱們去奪微刀『釵』，這回又指使咱們來找誠刀『銓』。莫非連剩下兩把毒刀『鍍』及炎刀『銃』的下落，都在她的掌握之中？」

「誠刀『銓』是否在此，尚不能定論。不過每次一回尾張，否定姬便立刻指點變體刀的下落，活像是急著把我們趕出城似的，實在古怪。只有一次倒也罷了，但這可是第二次了。」

七花不得不同意咎女的懷疑。他在一旁聆聽咎女和否定姬談話時，也有相同的感覺——

「恭喜！」

否定姬說道。

奇策士咎女在出羽天童將棋村順利奪得王刀「鋸」之後，便回到了尾張。這是她自八月以來第二次回城，卻和上回一樣，在進宮之後又和七花一起被請到了否定府中。

咎女與否定姬生性不合，時常針鋒相對，關係的確是頗為密切，但咎女擔任總監督的軍所與否定姬擔任總監督的稽覈所卻是毫不相干的兩個衙署，咎女並無義務接受否定姬的召見。只不過如今幕府上下皆關注集刀一事，否定姬一搬出完成形變體刀來，咎女便不得不赴約。

事後咎女曾對七花說道，這種狀況正是否定姬一手安排；她重掌大權以後，便四處周旋打點，搶在咎女回歸尾張之前分得集刀的主導權。

七花很懷疑否定姬是否真有這等手段，不過咎女和否定姬是老相識，既然她說能，那便是能了。

如此這般，七花與咎女二人來到了否定府。只見否定姬坐在上座，咎女與七花則坐在對座，與八月時如出一轍。

「……否定姬大人，他又跑到天花板上去了？」

七花突然想起，開口問道。

他這麼一問，等於是完全不理會否定姬的道賀；不過反正咎女也刻意忽視了這句話，七花自然也無須回覆。

再說，否定姬這句恭喜聽起來也不大誠懇，似乎別有居心。

「唔？『他』是誰？」

否定姬一臉錯愕地反問七花。

她生就一副金髮碧眼，穿起和服來卻十分合適。眼下她手上的鐵扇是闔著的。

「……我和七花小兄弟可有共通的熟人？」

「……呃，就是右衛門左衛門——大哥。」

左右田右衛門左衛門原來是個忍者，現在乃是否定姬的心腹大將。右衛門左衛門之於否定姬，便如同虛刀流之於奇策士。

「上回妳不是說他都在天花板上待命嗎？所以我才順口問問。」

「哦！經你一提，是有這麼一個人。」

說著，否定姬抬頭仰望天花板。

「我想起來啦！他的名字又臭又長，我老是忘記。承蒙你的關心，不過很不巧，他出門去了。」

「出門？」

「我就實話實說了，我派他去刺殺真庭鳳凰。」

否定姬滿不在乎地說道。

奇策士咎女對否定姬的話語完全無動於衷，但聽了這句話可也不得不開口了。

「刺殺真庭鳳凰？」

「嗯，不錯。」

否定姬斷然點頭。

「妳和真庭忍軍結盟，不能輕舉妄動，由右衛門左衛門下手要來得方便多了，是不是？」

「誰要妳多管閒事？」

咎女面露不快之色。

「我有我的打算，用不著妳插手。」

「別生氣嘛！我不想挨妳的罵，就老實說了——其實那個陰沉面具男和真庭忍軍有仇。」

陰沉面具男……

七花暗暗想道：這稱呼真難聽。

追根究柢，強迫左右田右衛門左衛門戴上面具（而且還是出於『太陰沉』這種莫名其妙的理由）的人就是否定姬自己，怎麼好意思批評他？

「有仇？那個陰沉面具男和真庭忍軍有什麼仇？」

咎女問道。

連咎女也學起否定姬來了，然而否定姬對此並無反應。

「相生忍軍。」

她說道：

「妳也知道右衛門左衛門本來是忍者吧？不過他是哪兒的忍者，妳應該就不知道了。不瞞妳說，他乃是相生忍軍之人。妳聽過相生忍軍麼？」

「……我聽說相生忍軍與真庭忍軍並稱雙絕，皆是作風乖異的忍者集團；他們在舊將軍時代末年與真庭忍軍正面衝突，經歷一番血戰之後，兵敗滅絕了。」

「不愧是奇策士！」

否定姬格格笑道。

奇策士咎女與否定姬並稱幕府之內的兩大蛇蠍美人，立場雖異，相似之處卻多；而她們倆最大的不同，便是否定姬在這種場面展露的豪爽態度。

「連這種事都曉得。相生忍軍可是從歷史上除了名的忍軍啊！」

「哼！歷史？無聊至極。」

咎女說道。

「換言之，左右田右衛門左衛門便是相生忍軍之後？也對，這樣就能解釋許多疑點。若非出身相生忍軍，那傢伙的行事作風又豈會如此古怪？……所以妳便是利用他的遭遇趁虛而入，將相生忍法納入囊中？」

「我否定。」

否定姬啪一聲打開鐵扇，笑道：

「相生忍法雖然挺有意思，但我一點兒也不在乎。我只是否定他那種死氣沉沉的活法而已。」

「是麼？」

「不然妳要我怎麼說才滿意？『妳可別誤會，我才不是同情右衛門左衛門，只是想得到相生忍法而已』？」

七花不懂這麼說究竟有什麼好滿意的。

只見否定姬又闔上鐵扇，說道：

「如此這般，右衛門左衛門和真庭忍軍原本便是對頭冤家，妳就當他是為了私人恩怨，不是為了助妳集刀。」

「都過了一百七十年才要報仇？」
「如今真庭忍軍元氣大傷，正是大好機會啊！」
「不是妳下的命令麼？」
「倒也不能說不是。」
這話是雙重否定。換言之，確實是否定姬下的命令。
「刺殺真庭鳳凰——」
咎女反覆說道：
「刺殺真庭鳳凰……否定姬，我不認為妳會認真回答，但還是姑且問上一問。妳認為右衛門左衛門刺殺得了真庭鳳凰？」
「這我可說不準啦！老實說，我是在你們去不要湖奪微刀『釵』的時候下的命令，如今過了近兩個月，他卻還沒回來，說不定已經栽在真庭鳳凰手裡啦！」
「栽在真庭鳳凰手裡？」
「不過就算要死，也得拉一、兩個真庭忍軍的首領來墊背……哦，對了，還有一件事，妳知道真庭忍軍十二首領還剩下幾個麼？」

「不就是四個麼？」

咎女說道。

七花也這麼認為。

「是三個。」

然而否定姬卻說道：

「只剩真庭鳳凰、真庭企鵝及真庭鴛鴦三人。至於真庭海龜，已經被那個陰沉面具足不出戶男給收拾啦！」

現在在陰沉面具之上又多了足不出戶四字，越來越過火了。

「海龜已經被他——」

「哈哈！妳現在應該暗自慶幸吧？海龜既是忍者，又是劍客；七花小兄弟若是與他對上，可是吉凶難料。」

「哼，我倒覺得鴛鴦較為棘手。不過……這麼一來便只剩下三個人了……無論刺殺真庭鳳凰成功與否……」

奇策士喃喃自語，想來是在因應狀況重新籌策。

「……話說回來，否定姬，妳未免太大膽了。那個陰沉面具足不出戶男不在，妳竟敢邀我和七花過府？」

連咎女也跟著這麼叫。

右衛門左衛門再不快點兒回來，他的稱呼會變得越來越難聽。雖然事不關己，七花卻不由得擔心起來。

或許是因為七花明白同樣的遭遇也可能發生在自己身上吧！

「若我打算刺殺妳，妳要如何應付？」

「我是應付不來，不過我相信妳不會這麼做。」

「哦？能得否定姬大人如此信任，可真是我的光榮啊！」

「誰教咱們是朋友呢？」

「…………」

「開玩笑的，別作那種表情。好了，要不要刺殺我，等聽我把話說完之後再下決定如何？」

「妳有什麼話要說？」

「當然就是妳最愛的完成形變體刀啊！」

否定姬諷刺道，接著又舊話重提：

「所以方才我才恭喜兩位。」

「…………」

「不光是微刀『釵』，連王刀『鋸』都到手了，佩服、佩服。這麼一來，便集得九把完成形變體刀了。」

從真庭蝙蝠手中奪得絕刀「鉋」。

從宇練銀閣手中奪得斬刀「鈍」。

從敦賀迷彩手中奪得千刀「鎩」。

從錆白兵手中奪得薄刀「針」。

從校倉必手中奪得賊刀「鎧」。

從凍空粉雪手中奪得雙刀「鎚」。

從鑢七實手中奪得惡刀「鐚」。

從日和號手中奪得微刀「釵」。

從汽口慚愧手中奪得王刀「鋸」。

舊將軍勞師動眾，用盡心機，卻連一把完成形變體刀也未能得手；而奇策士只花了短短九個月，便集得了九把。任誰聽了，都要說聲「恭喜」。

不過這句「恭喜」由否定姬來說，便顯得古怪了。連天性散漫的七花都覺得事有蹊蹺。

「哈哈哈！照這麼看來，集得剩下三把的日子也不遠了啊！」

「哼！盡說些風涼話。豈有這麼簡單？剩下三把刀的下落還沒著落呢！我得在尾張逗留一陣子，打聽消息。」

「上回妳也這麼說，不過天不從人願啊！」

「啊？」

「或該說我不從妳願。」

否定姬說道：

「這回我又照例提供情報來啦！莫說要在尾張逗留一陣子，妳便是想留下來吃頓飯都不成。」

「…………」

「上回我提供不要湖的情報，助你們找到了微刀『釵』；而這回呢，我要直接提供完成形變體刀的消息。」

「直接……」

「誠刀『銓』。」

否定姬一派自然地續道：

「地點在奧州的百刑場，持刀之人乃是『仙人』——彼我木輪迴。」

——這是十天之前的事。

「連留下來吃頓飯都不成」固然是誇大其辭，不過奇策士咎女的確未能久留尾張，旋即又來到了奧州百刑場。

「妳說否定姬活像是急著把我們趕出城似的……」

雖然四周是一片空蕩蕩的原野，不過七花與咎女說話時仍是眼觀四面、耳聽八方，小心提防。

「說不定這正是她的用意呢！也許否定姬認為妳留在尾張會礙了她的事，所以才——」

「是麼？倘若她真的心懷不軌，我的確會礙事；不過我還是覺得她這麼輕易指點我完成形變體刀的下落必有蹊蹺。就拿微刀『釵』那檔事來說，那婆娘分明知道微刀『釵』就在不要湖，卻故意裝蒜。」

「說得也是。不過還不曉得誠刀『銓』是否真在此地呢！」

一看到百刑場如此荒涼，七花便覺得這個消息靠不住。

然而奇策士卻說道：

「應該就在此地，錯不了。那婆娘犯不著在這種時候說謊，再說她的確異常熱心地助我們集刀，甚至不惜派出右衛門左衛門。」

「話說回來，否定姬是打哪兒弄來微刀『釵』和誠刀『銓』的情報？」

「她有她的情報網。其中有幾個於先前被我毀去，或許是跟著她一道東山再起了吧！」

「可是……」

說著，七花再度環顧四周。

寂寥肅殺——

用這四字來形容刑場，是再適合不過了。

「這裡根本連個鬼影兒也沒有嘛！」

這話可不光是針對百刑場。

自入奧州以來，一路上皆是如此。

說連個鬼影兒也沒有，或許過於誇大，不過卻又相當貼切。

奧州村落稀少，杳無人煙，死氣沉沉，毫無生機，宛若一塊枯涸荒頹的死土。

「……爾批評起別人的故鄉還真是不留情啊！」

「不……我沒那個意思。」

「治理此地的人全被處刑了，荒涼是當然的。接任的人倒也不是沒有，只是個個都庸碌無能。沒想到睽違二十年的故鄉竟然沒落至此，找不到半點兒過去的影子。」

的確，若是不說，根本看不出此地曾有座城池。飛驒城已消失無蹤，不留一絲痕跡。

對於高揭天下太平四字的尾張幕府而言，先前的大亂是個莫大的汙點。

「……幕府放任這個地方荒廢，就是為了讓世人知道起兵作亂會落得什麼下場？」

「難得爾想得通這層道理。不過這是個三流的法子。」

奇策士咎女對七花的意見未置可否，邁步於原野之中，也不管一身錦衣華服沾染塵埃。

泥土，花草。

此地與從前造訪過的因幡沙漠不同，帶有生機的物事處處皆是，但為何竟是如此死氣沉沉？

七花前往一級災害區蝦夷踊山及江戶不要湖時，也沒有這般荒涼的感覺。他未曾來過這裡，卻不禁生了種淒涼落寞之感；宛若失去了至寶，又宛若心愛的寶物被人隨意踐踏一般。

就連毫無所失的七花都有這等感覺，更何況是咎女？瞧她撥草快步而行，腳下沒有半分遲疑，但心境可就是外人所難以想像的了。

自幼生長的故鄉變得人事全非，不知她作何感想？

「我萬萬沒想到會在這種情況下回鄉。唉！」

「……否定姬該不會是知道這兒是妳的故鄉，才教妳來的吧？或許她是為了試探妳——」

「那倒不會。若她知道我是飛驒鷹比等之女，早就二話不說殺了我。爾生長在無人島，不知輕重厲害；身為飛驒鷹比等的親人可是死罪，只要有嫌疑，寧可錯殺不可錯放。她根本犯不著拐彎抹角地試探我。」

「嗯……那倒是。不過也未免太湊巧了。」

「畢竟我們這回要找的是『仙人』，有任何機緣巧合也不足為奇啊！」

「啊，對了，還有這件事。」

這件事七花一直想問，但咎女在尾張和否定姬會面之後便一直怏怏不樂，來到奧州後更是變本加厲，是以七花一直開不了口，直到現在才找到機會。

「那個叫彼我木輪迴的是仙人，仙人又是什麼玩意兒啊？我瞧妳聽見這個名字的時候有點兒古怪，莫非他是妳的舊識？」

「我沒有舊識。我的舊識全被處死了。」

咎女說道：

「一個也不剩。」

「…………」

「我並不認得彼我木，只是聽了『輪迴』這個名字，覺得可笑而已。沒想到這個時代還有人取這種名字。或許這就是『仙人』吧！」

「妳幹麼拐個彎兒說話啊？」

「不是我拐彎抹角，我是真的不認得他。眼下只能仰賴否定姬的情報，慢慢找人。」

「可是這兒沒住人啊！莫非彼我木住在附近的村莊裡？可是離得最近的村子也不怎麼近，每個村子之間相隔又遠，難道得一個一個找？」

「也只有這個辦法了。不過，若否定姬所言屬實，彼我木輪迴真是個仙人──」

咎女話說到此，

突然──有道氣息出現。

這道氣息並非來自身後，而是出現於七花與咎女的正前方。

來人乃是一名亭亭玉立的少女，身高大約只有七花的一半，一頭烏黑的長髮束於腦後。

四周乃是一片原野，並無藏身之處，也不知她是打哪兒蹦出來的，居然活像是一開始便在此地一般。

「咦……？」

七花大感困惑。

「怎麼會有女孩子家跑到這種地方來？」

聞言，少女露出了不似少女所有的冷笑。

「哦?我看起來像個女孩兒麼?有意思，我已經很久沒化身成女孩兒啦！」

接著少女話鋒一轉，報出了自己的名字。

「初次見面，我叫彼我木輪迴，以後尚請多多關照。」

三章 真庭企鵝

真庭忍軍十二首領。

真庭鳥組三統領——

「神禽鳳凰」真庭鳳凰。

所用忍法為「繫命」及「斷罪圓」。

目前仍在人世。

擁有四季崎記紀所鑄的十二把完成形變體刀之一——毒刀「鍍」。

「倒捲鴛鴦」真庭鴛鴦。

所用忍法為「永劫鞭」。

已於九月伊豆一戰死於左右田右衛門左衛門之手。

「反話白鷺」真庭白鷺。

使用忍法為「尋逆鱗」。

已於二月因幡一戰死於宇練銀閣之手。

真庭獸組三統領——
「傳染狂犬」真庭狂犬。
所用忍法為「狂犬發動」。
已於六月蝦夷一戰死於鑢七花之手。
「冥土蝙蝠」真庭蝙蝠。
所用忍法為「手裏劍砲」及「骨肉雕塑」。
已於一月不承島一戰死於鑢七花之手。
「查閱川獺」真庭川獺。
所用忍法為「記錄回溯」。
已於六月蝦夷之會時死於同門真庭鳳凰之手。
真庭蟲組三統領——
「獵頭螳螂」真庭螳螂。
所用忍法為「合爪」。
已於四月不承島一戰死於鑢七實之手。
「無重蝴蝶」真庭蝴蝶。

所用忍法為「足輕」。
已於四月不承島一戰死於鑢七實之手。
「棘刺蜜蜂」真庭蜜蜂。
所用忍法為「彈指撒菱」。
已於四月不承島一戰死於鑢七實之手。
真庭魚組三統領——
「長壽海龜」真庭海龜。
不使忍法。
已於八月信濃一戰死於左右田右衛門左衛門之手。
「鎖縛食鮫」真庭食鮫。
所用忍法為「渦刀」。
已於三月出雲一戰死於敦賀迷彩之手。
「增殖企鵝」真庭企鵝。
所用忍法為「毀命運」及「柔球術」。
仍在人世。

目前與真庭鳳凰一道行動。

■■

「都過了這麼久，鴛鴦尚未前來與吾等會合，看來是已命喪黃泉了。」

真庭鳳凰腳下速度未變，嘴上突然如此說道。真庭企鵝聞言，身子一震，說道：

「鴛、鴛、鴛鴛、鴛鴦大人她——」

「這麼一來，真庭忍軍十二首領只剩下兩個了。」

鳳凰的語氣之中帶有自嘲之意。

他身為十二首領的實質領袖，面對如此慘況，心情自然格外沉重，但他卻不能吐露半句喪氣話。

「只、只剩下兩個……」

企鵝渾身打顫，態度與鳳凰正好相反。他非但是真庭忍軍十二首領之中最為年少者，亦是真庭里中赴前線征戰的忍者之中最為年少者，論年歲還只是個

孩童。

然而真庭企鵝再怎麼年幼，也不該如此懦弱。依他這等性格，莫說要當首領，連當尋常忍者也不夠格。

饒是如此，他仍站上了前線，當上了首領。這全是因為他所用的忍法「毀命運」威力無窮，無人能敵，連實質首領真庭鳳凰亦不能及。

上天不顧真庭企鵝所願，賜給了他這種忍法；又或者賜予他的並非上天，而是另有其人？

「怎、怎、怎麼辦？接下來該如何是好？鳳凰大人。」

「不怎麼辦。事到如今，不能因為少了鴛鴦而改變計畫。吾等仍按照原訂計畫，前往奧州。」

鳳凰說道。

不錯，鳳凰與企鵝正朝著奧州前進，他們的目的地正是百刑場，奇策士咎女與七花為奪誠刀「銓」而造訪之地。想當然耳，這絕非巧合。

此行乃是為了三度拜訪奇策士咎女。

「奇、奇策士已經集得了九把四季崎記紀的完成形變體刀……換、換言之，鳳凰大人所說的三把刀，她已全數奪得。雖然不知奇策士到奧州百刑場的目的為何，但、但要與她談判，眼下的確是大好機會。只不過，鳳凰大人……」

「吾明白，別說了。」

鳳凰搖頭。

「汝認為時候尚早，是不是？眼下吾等元氣大傷，該等到奇策士集得十一把刀之後再行談判。」

真庭鳳凰瞥了腰間的佩刀一眼。那把收在鮮豔刀鞘之中的刀，正是四季崎記紀所造的十二把完成形變體刀之中毒性最強的毒刀「鍍」。

「奇策士集得十一把刀之時，確實是最好的談判時機。但如今半途殺出了程咬金，不容吾等再等下去。」

「程、程咬金……」

鳳凰所說的，便是他和企鵝、鴛鴦三人於伊豆密談之時，突然出現的那名身著西裝、腰佩長短對刀、臉戴書有「不忍」二字面具的男子。

當時鴛鴦留下斷後，讓鳳凰二人先行逃走；倘若鳳凰所料無誤，鴛鴦已經為了同門而犧牲了。

這種死法確實是忍者之道，但絕非真庭忍軍之道。

或許這正是真庭鴛鴦之道吧！事到如今，鳳凰與企鵝已無從印證了。

「他、他究竟是誰？既非完成形變體刀之主，也非奇策士的手下，究竟是何方神聖？」

「剔除這兩種可能之後，只剩一個可能。企鵝，平時的汝應該猜得出來。」

鳳凰說道：

「他八成是否定姬的手下。」

「否定姬……可、可是我從沒聽說過否定姬有這麼一個手下……若他真是否定姬的手下，為何我們助奇策士對付否定姬時，奇策士未曾提及？」

「奇策士打一開始便不信任吾等。她雇用蝙蝠集刀之時，亦是避重就輕，未曾透露分毫重要情報。」

鳳凰凝視遠方。

「——這麼一提，先前兩次會見奇策士之時，吾見她對虛刀流掌門似乎是推心置腹，實在不可思議。或許她只是作作樣子——」

「……依她的性子，並非是會日久生情之人。」

「吾亦有同感。」

「待變體刀集齊之後，虛刀流掌門也會落得狡兔死、走狗烹的下場，就和真庭忍軍一樣。」

企鵝恨恨說道，神態與平時大相逕庭。

「那婆娘是絕不會迷失方向的。」

「又或許她是找到了方向。到了奧州之後，吾自會摸清她的用意。總之，若不提防否定姬暗中搗鬼，下一個沒命的便是吾，屆時只剩下汝一人。企鵝，光靠現在的汝，能為了真庭里和奇策士談判嗎？」

「不、不能。」

見企鵝一口否定，鳳凰不禁苦笑。

「這種時候即便說謊，也該說能才是啊！唉！吾說這話，或許是太苛求於汝了。」

「……鳳凰大人。」

企鵝戰戰兢兢地問道：

「鳳凰大人，莫非您知道那名男子是誰？」

「唔？如吾方才所言，吾認為他是否定姬的手下。」

「我不是這個意思……我指的是那人的來歷及真面目。聽鳳凰大人的語氣，似乎早識得他。」

「汝果然敏銳。」

鳳凰微笑道：

「甘拜下風。」

「您……您過獎了。」

「吾倒不是稱讚汝，而是感嘆。汝天賦異稟，卻因為真庭里潦倒落拓，害得汝未能好好受栽培，年紀輕輕便得上戰場。也罷，閒話休提。是啊！吾確實心裡有數，不過或許只是多心。」

「多心？」

「不錯。他不可能還在人世，更不可能替否定姬辦事。他是個心高氣傲的忍者，即便被砍去雙膊，也絕不會屈居人下。」

真庭鳳凰說道。

「他早在汝出生之前便已死了。」

「忍、忍者……他、他是您的朋友？」

「那名男子決計不是他。他已經死了——在這個時代，心高氣傲的忍者已不復見，包含吾等在內。」

「……」

「快快趕路吧！那個身著西裝面具之人不知何時會來襲擊。」

「是……是。」

「若能與奇策士談判成功，得到所有完成形變體刀，便是吾引退之時。真庭忍軍十二首領折去十人之責，須得由吾擔起。所有的希望，便寄託下一代吧！」

企鵝聞言，連忙說道：「您、您別說笑了。」

鳳凰道：

「吾並非說笑。將來能繼承吾的，唯有汝一人。企鵝，吾終究只是時代的遺物；無論是奇策士、虛刀流、否定姬或是四季崎記紀的完成形變體刀，皆是時代的遺物，歷史的異物，便如同吾十年前的舊友一般。」

■ ■

時代的遺物，歷史的異物。

獲得如此評語的男子一反真庭鳳凰的預測——或該說一如鳳凰所預測，正是否定姬的手下左右田右衛門左衛門。

奉命刺殺真庭鳳凰的右衛門左衛門此時竟在尾張的否定府之中。鳳凰與企鵝全心提防右衛門左衛門現身襲擊，其實是杞人憂天。

右衛門左衛門除掉真庭鴛鴦之後，又追蹤真庭鳳凰一段時日；然而聽聞奇策士咎女順利奪得王刀「鋸」之後，便立刻返回尾張。是以奇策士與否定姬二度會談之時，其實右衛門左衛門人就在天花板之上。

當時奇策士咎女若是下令七花殺害否定姬，右衛門左衛門便會與七花正面交鋒；而無論結果如何，咎女的官場生涯都將隨之告終。

這正是否定姬最拿手的圈套。

當然，否定姬只是好玩，倒也不期望奇策士真會上鉤。

如今否定姬又是百無聊賴地獨自佇立於房中，只見她突然對著天花板說道：

「那個惹人厭的婆娘不知見著了彼我木輪迴沒？依她先前的戰績，這把值得紀念的第十把刀誠刀『銓』應該是手到擒來吧！其實要奪得王刀『鋸』與誠刀『銓』這兩把刀並不難，難的是應付持刀之人。王刀麼，是汽口慚愧；至於誠刀麼，則是彼我木輪迴。」

「……聽說彼我木輪迴乃是個仙人？」

天花板上傳來了回音。想當然耳，正是右衛門左衛門。

絕不會屈居人下的他如今卻在天花板上向著否定姬屈膝。

「沒想到大人竟把完成形變體刀交給仙人，莫非是為了刁難奇策士？」

「別誤會，把刀交給彼我木輪迴的可不是我。我才不會自尋麻煩，把心愛的變體刀交給仙人呢！刀落在他手上，最頭疼的反而是我。」

「心愛的變體刀？」

「唉！其實不只誠刀，大多數的變體刀都是落在令我頭疼的人手上；所以啦，我是該作作樣子，感謝那個惹人厭的婆娘替我蒐集完成形變體刀。換作是我可集不來啊！」

「……容屬下再次稟報。」

右衛門左衛門平靜地說道：

「真庭忍軍十二首領之一，真庭忍軍的實質領袖真庭鳳凰已奪得了四季崎記紀完成形變體刀中毒性最強的毒刀『鍍』。」

「……這我聽過了。」

否定姬面露冷笑，點了點頭。

「就是你刺殺失敗的真庭鳳凰嘛！」

「慚愧。」

「也罷，至少可牽制真庭忍軍。話說回來，我的腳本裡可沒有真庭忍軍再度奪得完成形變體刀這一段，更何況偏生是毒刀『鍍』。」

否定姬說道：

「真庭忍軍也是教我頭疼的角色。劍聖錆白兵背叛，還有那個名為天才、實為怪物的鑢七實攪局，都在我意料之外；真庭忍軍奪得毒刀『鍍』或許不及這兩件事嚴重，但仍然是個大問題。毒刀『鍍』和真庭鳳凰湊在一塊兒，不知是凶或大凶？」

「真庭鳳凰手中的毒刀『鍍』，加上我們手中的炎刀『銃』……」

「對了，聽說你是靠炎刀擊敗了真庭鴛鴦？我沒用過那玩意兒，原來它真的是把兵器啊？」

「……待奇策士成功集得誠刀『銓』，四季崎記紀所鑄的十二把完成形變體刀便完全浮上檯面了。」

「十二把──」

絕刀「鉋」、斬刀「鈍」、千刀「鎩」、薄刀「針」、賊刀「鎧」、雙刀「鎚」、惡刀「鐚」、微刀「釵」、王刀「鋸」、誠刀「銓」、毒刀「鍍」、炎刀「銃」──即是四季崎記紀所鑄的十二把完成形變體刀。

「不錯，我等這一天已經等了很久了。」

「大人宿願得償的日子也不遠了。」

「噓！隔牆有耳，說話時小心點兒。你說這話，活像我是傳奇刀匠四季崎記紀的後人，所以才對完成形變體刀瞭若指掌，總能先奇策士一步找到變體刀的下落。」

否定姬啪一聲打開鐵扇，冷笑道：

「沒這回事，就別說這種話。」

「……是。」

天花板上的右衛門左衛門點頭說道：

「大人當然不是四季崎記紀的子孫，屬下不該說出這番招人誤解的話語。」

「不錯，我是否定姬，除此之外什麼也不是；否定姬之外的自己，我全數『否定』，即便是歷史與祖先也不例外。我的宿願得不得償，不值一提。」

「…………」

「說歸說，眼睜睜地看著真庭忍軍及奇策士達成目的，也沒什麼意思。誠刀『銓』及彼我木輪迴應該能替咱們爭取時間，將奇策士及虛刀流掌門留在奧羽一段時日；咱們便趁這段時間做好準備吧！倘若奇策士與虛刀流掌門能替咱們收拾剩下兩個真庭忍軍，便是再好不過了。真庭忍軍也該找上奇策士了吧？」

「是，這是忍者的一貫伎倆。」

「這話由你來說還真有說服力，不過凡事還是得未雨綢繆。不好意思，右衛門左衛門，你能再去追蹤真庭忍軍麼？」

「又要行刺嗎？」

「不，既然真庭鳳凰已經得到了毒刀『鍍』，腳本就得改寫，不宜打草驚蛇……你就伺機而動吧！反正真庭鳳凰橫豎是死路一條。」

「另一名首領該如何處置？」

「唔？誰啊？」

「真庭企鵝。」

「哦……就交給你發落吧！我不知道他有什麼本領，不過都到了這個關頭，一個尋常首領的死活已經無關緊要了。真庭忍軍如果要找奇策士，現在應該正朝著奧州百刑場前進，你得在他們見到奇策士之前截住他們。」

「遵命。」

「還有一件事。」

否定姬又說道：

「有件事我覺得不大對勁，你就順道替我查一查吧！」

「哦？敢問是何事？」

「前些日子我邀奇策士與虛刀流掌門過府會談，七花小兄弟聽聞誠刀『銓』的下落之後，樣子顯得有點兒古怪。」

誠刀「銓」就在奥州百刑場，亦是大亂主謀——奧州霸主飛驒鷹比等的牙城飛驒城過去所在之地。

「你人在天花板上，大概沒看見吧！七花小兄弟聽到『彼我木輪迴』及『仙人』時並無反應，可是聽到『奧州』和『百刑場』的時候，卻變得古裡古怪，也不知是哪個字眼牽動了他？」

「……奇策士呢？」

「那個惹人厭的婆娘倒是和平時沒什麼兩樣。是我多心了麼？」

「屬下看不出虛刀流掌門有何異狀。」

「是麼？」

「他看來可是心神不寧？」

「與其說他心神不寧，倒不如說他想掩飾自己的心神不寧比較正確。可是七花小兄弟這二十年來不都關在不承島上麼？他應該沒去過奧州啊！」

「或許是因為奧州乃是其父鑢六枝建功立業之地，因此他聽了地名才有所反應。」

「嗯，這麼說也有幾分道理。不過那個惹人厭的婆娘也沒去過奧州，又是什麼緣故？她和我不同，總是東奔西走，為何偏生沒去過奧州？凡是軍所之人，不都想親眼見識見識奧州這塊土地麼？」

「屬下以為這並不奇怪。奇策士未曾去過的地方很多，奧州不過是其中之一罷了。」

「是啊！我想也是。不過……」

否定姬斷然說道：

「我要否定這種尋常的判斷。偶爾讓你白跑一趟也不壞啊！這回就勞你替我查查鑢七花和百刑場——抑或奇策士咎女與百刑場之間的關係。」

■ ■

如此這般，故事漸漸朝著尾聲邁進。

尾張幕府中的兩大蛇蠍美人——本名不詳、來歷不明的否定姬與奇策士一決高下之日也不遠了。

四章 彼我木輪廻

■ ■

「唔？怎麼，你們想要誠刀『銓』？原來如此。好啊！喜歡的話儘管拿去吧——」

看起來只有半個七花的瘦小身材。

黑色的長髮在背後紮了起來。

亭亭玉立的少女——

彼我木輪迴如此說道。

■ ■

奧州百刑場。

參與謀反之人、雖未參與謀反卻與謀反者有關之人，又或是有此嫌疑之人，全都在此地斬首示眾，無一倖免——在這塊土地上行的乃是合法的屠殺。

過去金碧輝煌的飛驒城已付之一炬，如今留下的只有百刑場。

虛刀流第七代掌門鑢七花陪同奇策士咎女來到此地已有三天，這三天裡來他無所事事，只能枯坐在地；而與他相對而坐的，正是彼我木輪迴。

彼我木輪迴坐在一個看來不甚舒適的小岩石上，手裡拿著酒瓶，仰頭豪飲。

七花覺得這副光景似曾相識。

「唔？」

見七花一臉疑惑，彼我木歪了歪腦袋，問道：

「怎麼啦？鑢老弟，我瞧你好像無聊得緊。」

「要說無聊……是挺無聊的。」

七花答道。

他和咎女不同，根本無事可做，豈能不無聊？

「話說回來……呃，彼我木姑娘，有件事我想問妳——」

「哦！我懂，我懂，你用不著說。你懷疑我到底是什麼來頭，是吧？」

彼我木笑道。

「不過無論我是什麼來頭，對你來說應該不重要吧？其實『來頭』這個辭兒也挺奇怪的，過來的頭——根本不成意思嘛！你說是不是？鑢老弟。對你而言——又或對你們而言，我的來頭根本不重要，重要的是我手上的四季崎記紀完成形變體刀——誠刀『銓』，你說是不是？」

「……話是這麼說沒錯。」

七花說道：

「不過這回變體刀是由咎女負責，我閒著沒事幹，只能胡思亂想。上個月咎女也說過，誰都會思索，可要故意不思索，卻不是每個人都辦得到的；我是凡夫俗子，自然會想東想西啦！」

「哦？想什麼？」

彼我木面露輕蔑之色，渾然不似少女所有。就連這種表情，七花都覺得似曾相識。

不錯，便宛如——

「彼我木姑娘，我們剛見面之時，妳曾說了聲『初次見面』……」

七花並不拐彎抹角，直截了當地問道：

「可是我和妳應該在別的地方見過面吧？」

「沒這回事。」

自從在原野中見到彼我木的那一刻起，七花整整三天都想著這件事，如今好不容易下定決心詢問，卻被彼我木一口否定。

「我好歹是個仙人，原則上不過問世俗之事，與世隔絕；換言之，我和世事『無緣』。所以要說過去我曾見過你的可能性，根本是在零以下，我們連在路上擦身而過的機會也沒有。」

「可、可是——」

似曾相識。

打從見到彼我木的那一刻起，七花便有種久別重逢之感；但這個重逢並不值得欣喜。

「我覺得妳很眼熟。」

七花雖然加上了「覺得」二字，

但話一說出口，便成了鐵一般的事實。

「我應該見過妳。」

「鏞老弟，那是你的觀點。」

彼我木老氣橫秋地開解道。

她自稱仙人，用起這種口吻極為自然。

「……也對……我也在想，或許這只是既視感。」

「既視感？哦，想不到你懂得這麼難的辭兒。不過鏞老弟，事實並非如此。所謂既視感，是腦袋出了記憶上的錯誤，把沒經驗過的事當成了經驗過的事；然而你對我所生的這股奇妙感覺絕非既視感。」

絕非既視感。

彼我木說得斬釘截鐵，彷彿是天經地義的道理。

「而是基於正確的記憶所生的正確認知。」

「正確……」

「是啊！我可以拍胸脯打包票。」

彼我木咯咯笑了起來。

她的笑法相當怪異，活像是不懂得如何笑卻勉強大笑一般。

「剛見面時，你說我是個『女孩子家』；現在我再問你一次，你所看見的我，是什麼樣貌？」

「……女孩兒樣貌。」

不過個性完全不像女孩兒。

「是個黑髮的女孩兒。雖然妳現在大口喝酒，坐又沒個坐相，不過舉手投足之間卻又端凝莊重，讓我覺得好生眼熟——」

「這也難怪。」

彼我木點了點頭。

「我是你記憶的投影。」

「…………」

「我看在你眼裡是這副模樣，是因為你透過了我看見了這樣的人，鑢老弟。」

自稱仙人的少女——彼我木輪迴瞥了七花一眼。

「我是仙人。」

「……仙人。」

「可以化身成任何人，卻不是任何人。」

這話玄虛荒誕，但她說起來卻是面不改色。

「凡人透過仙人看見自己的記憶。我雖然存在於世上，卻等於不存在。」

「自己的記憶……」

「經我這麼一提，我這模樣是打哪兒來的，你心裡也該有數了吧？」

「……嗯。」

在彼我木提點之下，

七花總算領悟了——

其實用不著彼我木明說，七花早該察覺了。

彼我木輪迴的女童樣貌，

對七花而言乃是無法忘懷的記憶，

教他不得不聯想起蝦夷踊山上結識的凍空粉雪。

凍空一族天生神力，舉世無雙；而七花的頭一場敗仗，便是敗在凍空粉雪

這名天真爛漫的少女手下。

凍空粉雪正是天下間最重的刀——雙刀「鎚」的主人。

至於彼我木輪迴的一頭黑髮來自何人，更是不言而喻；

七花早該在第一眼便察覺。那頭黑髮的色澤和束髮方式，都和他的親生姊姊鑢七實無異。

鑢七實乃是天下間最凶惡的刀——惡刀「鐚」的主人。

而那端凝莊重的行止，則是出於上個月剛交手過的心王一鞘流第十二代掌門汽口慚愧。

汽口慚愧乃是天下間最遵行王道的刀——王刀「鋸」的主人。

「…………」

凍空粉雪。

鑢七實。

汽口慚愧。

這三人的共通點一目了然——她們都是曾讓七花吃上敗仗的人。

「窺視自己的記憶……」

彼我木說道：

「便是窺視自己的恐懼。人的回憶大多是美化過的，不過透過我的話可就不同了。瞧你的表情，從我身上看到的應該是不怎麼愉快的回憶吧？」

原來這就是不值得欣喜的重逢？

對於七花這種習武之人而言，落敗確實是痛苦的回憶；不但代表他技不如人，更是對主人奇策士咎女的不忠。

「……原來如此。」

這下子七花也明白他為何覺得彼我木喝酒的模樣眼熟了。

那大口飲酒的豪爽姿態，不正和千刀「鎩」的主人敦賀迷彩如出一轍？

七花雖未輸給敦賀迷彩，但當時的記憶於他而言卻是苦澀沉痛，較諸前三人有過之而無不及。

「難怪我一面對妳就不快活，原來是被妳激起了不快的回憶啊！」

「倒也不是不快的回憶，而是後悔，又或是罪惡感。我話說在前頭，這可不是我促成的。我什麼也沒做，是你自個兒造成的。」

「是嗎？不是妳使的仙術？」

「當然不是。我哪懂得什麼仙術？」

彼我木斷然說道：

「我可是仙人，別把我和凡夫俗子相提並論。」

「可是……」

一說到仙人，不都會聯想到長生不老、神通術法或飛天遁地等凡人沒有的本領麼？

這些被稱為仙術。

就連奇策士咎女和尾張的否定姬——都這麼說過。

然而彼我木卻說道：

「那是凡間的人對我……對我們的觀點。長生不老？神通術法？飛天遁地？這是凡人無法達成的願望——換言之，便是種恐懼。仙人其實便等於凡人的鏡子。」

「鏡子？」

「而且是面映照真相的魔鏡。好比說呢，鑢老弟，你可曾聽過這麼一個外國童話？有個地方的女王對鏡子問道：『魔鏡啊！魔鏡，天下間最美的人是誰？』這時候女王當然希望鏡子回答的是她，但鏡子卻說出了另一個人的名字，而這個人又偏生是女王最厭惡的人……鑢老弟，我問你，你覺得鏡子會回答這種問題麼？」

「那還用問？鏡子哪會說話啊！」

「不錯，回答的不是鏡子，而是女王的心魔去回答了她的虛榮心。就是這麼回事。在我彼我木輪迴面前，沒有人能逃避現實。」

「……可是我並不厭惡粉雪、我姊姊、汽口和迷彩啊！」

「粉雪？姊姊？汽口？迷彩？這便是你的恐懼麼？」

「別裝蒜啦！妳的模樣，活脫便是她們四個人的合體。」

「我不是裝蒜，是真的不知情。我連我自己現在是什麼模樣都不知道呢！我雖然反映了你的記憶，卻不能窺探你的記憶。讀心術是凡人的把戲，但我是超脫凡人的仙人，自然不懂了。」

「妳雖然是仙人，卻什麼也不會。」

無論是外貌、舉止，全都是出自觀者之心；

彼我木並無作為，七花所見，全是他自個兒的心魔所致。

「對，無作無為，正是仙人本色啊！鑢老弟。只有凡夫俗子才有所作為。我當仙人的資歷雖然還不深，活得也不算長，不過無作無為卻是令我引以為傲的原則。」

「……這麼一提，妳多大年紀啦？」

她看起來像是個十來歲的少女，不過這只是七花的「觀點」，並非彼我木輪迴的真正模樣。

不，彼我木輪迴根本沒有真正的模樣；

她是仙人，沒有軀體。

「大約三百歲。連我尚未成仙的時間也算在內的話，就是三百五十歲。」

彼我木直截了當地說道。

她說話時並不斟酌輕重，向來直話直說。

「前些年四季崎記紀將誠刀『銓』交給我，所以我就成了誠刀『銓』的主人。」

「妳算得上是誠刀『銓』的主人嗎？」

七花插口問道：

「妳又沒佩帶誠刀。不過刀是四季崎記紀交給妳的，倒是教我很驚訝。」

莫說誠刀「銓」，彼我木輪迴身上沒有半件兵刃，雙手與七花一樣空空如也。

「……妳為何不佩帶誠刀？過去我碰上的完成形變體刀之主，每個都是刀不離身。」

真庭蝙蝠將絕刀「鉋」藏在體內，宇練銀閣連睡覺時都沒解下腰間的斬刀「鈍」，汽口慚愧亦是隨時將王刀「鋸」置於身旁。

「可是妳卻……」

「我無作無為，身邊多了把刀只會礙手礙腳，可是又不好把老朋友的刀給丟了，只好那麼做啦！」

彼我木滿不在乎地說道。

見她如此輕浮，七花啞口無言。

——四天前。

奇策士咎女見了突然現身的仙人——彼我木輪迴之後，展現了泰山崩於前而色不變的風範，一如往常地開始談判。

彼我木聞言說道：

「唔？怎麼，你們想要誠刀『銓』？原來如此。好啊！喜歡的話儘管拿去吧——」

接著她又一派輕鬆地續道：

「刀就埋在那兒，約莫有十丈深，想挖便去挖吧！不過咎女妹子，妳得自個兒親手去挖。」

…………

於是乎，奇策士咎女便拿著彼我木給她的鏟子，在埋藏誠刀「銓」之地連挖了三天。

想當然耳，她尚未找到誠刀「銓」，

至今仍在挖掘之中。

「……要是讓我來挖……」

七花的語氣之中頗有怨懟之意。

「只消一、兩天便能挖到十丈深，為什麼偏得要咎女親手去挖？為什麼不准我幫手？這種條件太奇怪了。」

「咎女妹子太過依賴你啦！偶爾也得讓她吃點兒苦。」

「咎女已經吃過很多苦了。這一路上她有好幾回險些沒命。」

「是啊！是我心眼兒壞，故意刁難她。對咎女妹子而言，我就是這種人。」

「……？」

聽言，七花面露困惑之色。

「怎麼？原來妳這副模樣不光是出自於我，也有咎女的記憶？」

「你們倆是一起看見我的，自然是如此了。我的樣貌舉止是出自於你的記憶，而我的性格則是出自於她的記憶。」

由奇策士咎女的記憶——

由奇策士咎女的恐懼所形成。

「……咎女也有害怕的人？就拿否定姬來說，我覺得咎女也不是怕她，而是討厭她。」

「每個人都有畏懼或不願想起的記憶，無論是你、咎女妹子或是那個否定姬皆然……鑢老弟，我話說在前頭，要是你一時心軟跑去幫咎女妹子掘刀，咱們的約定便不作數了。除非咎女妹子親手挖出誠刀『銓』，否則我是不會把刀交給你們的。」

「用不著妳提醒，我也明白。」

七花說道。聞言，彼我木又咯咯怪笑起來。

「很好，很好。你們可是為了家鳴將軍、尾張幕府及天下國家而集刀，這點兒小小的苦頭都吃不了，那怎麼成？你說是不是？」

「…………」

為了天下國家——七花不認為身為仙人的彼我木真的相信這種場面話；不過彼我木只能投射記憶，並不能窺探記憶，應當不知咎女的真正目的才是。

可是她說話的語氣卻又像是看穿了一切。

或許這便是仙人的本領，又或許只是故弄玄虛罷了。

「話說回來……」

彼我木突然說道：

「我把差事都交給了咎女妹子，害得你百般無聊，挺可憐的。呃，鑢老弟，聽說你過去都是和完成形變體刀之主正面交鋒，奪取變體刀？」

「是啊！……不過其中有些稱不上是正面交鋒就是了。」

「那你要不要和我打一場？」

彼我木指著自己的臉說道：

「我不會仙術，不過戰術倒是略知一二。」

「……如果我贏了妳，便能得到誠刀『銓』？」

「怎麼可能？我不會改變條件。蒐集誠刀『銓』是咎女妹子的差事。至於你和我交手，只是為了替你打發時間而已，沒其他意義，也沒其他理由。」

彼我木輕佻地說道。七花反問：

「沒意義又沒理由，我為什麼得和妳打？」

「為什麼？」

彼我木笑道：

「這我可要問你了。你為何而戰？」

「…………」

從前敦賀迷彩也曾這麼問過七花，當時七花說他是為了咎女而戰，這一點至今仍沒改變。

不過，當時在一旁竊聽七花與迷彩說話的忍者——真庭忍軍十二首領之一真庭食鮫卻如此說道：

為何而戰？

若妳得先問上這麼一句才能動手，不如別打了。

虧妳還有閒情逸致談這種問題！
啊！愚昧至極！
「鑢老弟，在我這個超凡脫俗的仙人看來，你啊……」
彼我木將酒瓶擱在一旁，從岩石上起身，說道：
「差不多該正視自己的恐懼了。」

■　■

當天傍晚，七花前來探視咎女。咎女認為既然七花不能幫忙，待在身邊只會讓她分心，因此見了他便要下逐客令；七花若想和咎女說上幾句話，便得利用休息時間才成。

咎女已經挖出了一個大洞，不過離十丈尚遠。只見她沿著繩梯爬了上來，弄得灰頭土臉，一身錦衣華服也沾滿了塵土。

平時咎女再怎麼風塵僕僕，也會把儀容打理得整整齊齊，不過這回可沒辦法了，連一頭白髮都染成了淡黑色。

「知道了。」

「唉！其實換個念頭，挖挖土就能得到完成形變體刀，已經是個天大的便宜了。哼！不知那個惹人厭的婆娘是否也料到了這一節？倘若這是她整治我的手段，也未免太小家子氣了。」

「否定姬——啊！這麼一提……」

七花聽咎女提起否定姬，又想起了一件事。

「如果彼我木沒撒謊，她的外貌是由我的恐懼而來，而內在則是由妳的恐懼而來。」

凍空粉雪、鑢七實、汽口慚愧、敦賀迷彩——除了這四人以外，彼我木輪迴的外表應該還包含了許多人事物。

而她的內在——

「她那種輕佻浮滑的性子，是出自於妳的『什麼人』？應該不是否定姬，也不是右衛門左衛門……其他我想得出來的只有真庭鳳凰，應該也不是他吧？」

「哈！」

奇策士咎女笑了，笑得軟弱無力。

「用不著想，我早就知道了。她的性格和我最怕的人一模一樣，無論是用字遣辭或是故弄玄虛的神態，都是一個模子刻出來的。尤其是逼我幹苦活兒這一點——活脫是那個人的翻版。」

「哦？」

「飛驒鷹比等。」

咎女說道：

「她的性格就和我爹一模一樣。」

五章 誠刀防衛

■■

隔天一早，鑢七花與彼我木輪迴依約進行比武。

當時的七花已經連續四天露宿野外，而彼我木則是未曾闔眼，在岩石上坐了一整晚。

或許仙人都是如此吧！無作無為，連覺也不睡。

鑢七花與彼我木輪迴正面相對。

奇策士咎女一覺醒來便挖土去了，是以這回的比試沒有公證人。其實這回的比試只是消磨時間，也用不著公證。

「我話說在前頭……」

彼我木甩動手腳，活像在做暖身操。

「你的恐懼反映在我身上的，僅限於外貌。呃，叫什麼名字來著？我想起來了，凍空粉雪。我既沒凍空粉雪的天生神力，也不像你姊姊一般天賦異稟，更不像汽口慚愧那樣一板一眼。」

「那倒是，要是妳有汽口萬分之一正經，現在也不會變成這種狀況了。」

彼我木那種輕佻浮滑的性子，乃是來自於咎女的父親飛驒鷹比等。

……七花作夢也沒想到，貴為一軍主帥之人竟會如此輕薄。這固然不像是個女孩兒家的性格，可也不像是個大名的性格。

「換言之，鑢老弟。」

彼我木續道：

「我的實力遠不如你，這一點你可得先記好。」

「……實力遠不如我？」

七花不解彼我木言下之意，只能姑且點頭。

「怎麼，還沒開打就先找打輸的藉口？」

「不，不是。我想說的是，你贏不了實力不如自己的人。」

「…………」

「好了，開始吧！儘管放馬過來——說歸說，先下手為強！」

語畢，彼我木輪迴突然朝著七花筆直衝去。

彼我木依舊手無寸鐵，

七花當然亦是赤手空拳，卸去護腕，準備萬全。

換言之——彼我木輪迴對鑢七花，

乃是場無刀對無刀之戰！

「虛刀流——『百合』！」

七花以迴旋踢迎擊彼我木，然而他招式剛出，便暗叫不妙。

彼我木的刺拳只是為了引七花出招迎擊而做的幌子，只見她對準七花的腳，手肘由下而上頂去。

七花重心不穩，身子不由得一晃。

「唔……！」

七花原以為彼我木會乘勝追擊，沒想到她只是倒退一步，並未進擊。

七花也立刻重整陣腳。

挨了這記出乎意料的反擊，令七花明白彼我木所言不虛。若是彼我木真如凍空粉雪那般力大無窮，七花的腳早被她的手肘給敲碎了。

以彼我木的體格來看，他的力氣雖然算大，卻仍未超乎常人水準。

只要明白彼我木並無天生神力及天賦異稟，便已足夠。

不過七花還真希望她的個性能正經一點兒。

「虛刀流『薔薇』！」

七花朝彼我木使了記前踢。

對手是個身高只有自己一半的少女，是以七花出招時也格外謹慎。對付這種對手，拋摔勾拐之類的招數並不好用，只能以拳打腳踢分勝負。

七花有十足的勝算！

「哦！好險。」

然而彼我木輕輕一閃，便閃過了七花的前踢。七花接著使出的手刀及腳刀也被她或接或閃，盡數打發。

彼我木果然不是在說大話。七花的招數彷彿早在她的預料之中。

「……嗚！」

七花想起上個月與汽口慚愧第四次交手時的情景。

當時他們亦是不用兵刃，空手過招；但七花漸漸發覺，眼前的比試與當時的比試截然不同，打起來格格不入，味如嚼沙。

「虛刀流──『七花八裂』！」

七花心知再這麼下去沒完沒了，便使出了最終絕招。

虛刀流共有七式絕招。

第一絕招．「鏡花水月」。

第二絕招．「花鳥風月」。

第三絕招．「百花繚亂」。

第四絕招．「柳綠花紅」。

第五絕招．「飛花落葉」。

第六絕招．「錦上添花」。

第七絕招．「落花狼藉」。

同時使出這七式絕招，便成了最終絕招「七花八裂」。七花此時使出的並非在鑢七實之戰時改良的「新七花八裂」，而是原來的「七花八裂」。

雖然有破綻，卻能立時出招，

較諸順序固定的改良版並不遜色。然而——

「嘿嘿！」

彼我木輪迴往後遠遠一縱，退到了「七花八裂」打不到的距離。

「啊……妳、妳這傢伙！」

七花險些脫口罵她狡猾。其實彼我木只是巧妙地避開了七花的招式，沒道理受這種批評。

至此，七花終於明白了。

彼我木輪迴根本無心與他交手。

這場比試雖然是她提議的，但她打一開始便沒認真打過。

「真是可悲啊！鑢老弟，你因為有個天才姊姊而感到自卑，其實你乃是名門之後，天生是塊習武的料子，已經比我這種只能當仙人的庸才強上許多啦！」

彼我木一面閃避七花的攻擊，一面笑道：

「倘若你的武功有十分，我便只有七分；正面交鋒，我壓根兒沒勝算。」

「假如真是如此，妳早被我大卸八塊啦！」

「不過你卻把這十分力分別用在攻守之上，出招時只剩五分力，我只要全力防守，你便奈我莫何。」

彼我木說道：

「套上誠刀『銓』的特性來形容，就叫做誠刀防衛（註1）。」
「……誠刀『銓』的特性又是什麼啊！」
天下間最堅韌的刀，絕刀「鉋」。
天下間最鋒利的刀，斬刀「鈍」。
天下間最眾多的刀，千刀「鎩」。
天下間最脆弱的刀，薄刀「針」。
天下間最強固的刀，賊刀「鎧」。
天下間最重的刀，雙刀「鎚」。
天下間最凶惡的刀，惡刀「鐚」。
天下間最像人的刀，微刀「釵」。
天下間最無毒性的刀，王刀「鋸」。
「那還用說——當然是天下間最誠實的刀啊！不然，怎麼會落到我手上呢？」

1 發音同正當防衛。

「睜著眼睛說瞎話！妳哪裡誠實了？」

「喂喂喂，你怪到我身上可就不對了。我這性格是咎女妹子造成的啊！」

「混帳！」

以賊刀「鎧」為例，此刀防禦力天下無雙，無論任何招式皆無法毀壞鎧身，可見得有時防守反而能凌駕攻擊。不過彼我木與校倉不同，她並不轉守為攻，只是一味防守。

結果七花的手刀與腳刀全數揮空，根本未能傷及彼我木半根汗毛。

接連使了十數招之後——

「我不打啦！」

七花氣鼓鼓地往地面坐了下來，不再出招。

「這哪叫比武啊？說什麼正視自己的恐懼，根本只是陪妳活動筋骨！就連我和汽口比木刀，也比這回像樣多了！增添我的恐懼很好玩嗎？」

「當然好玩啊！我最愛刁難別人了。」

彼我木毫不慚愧地說道。

「你陪我活動筋骨，我陪你打發時間，豈不是皆大歡喜？」

說著，彼我木也收了招，一派輕鬆地走來，往平時的小岩石上坐下，咯咯笑道：

「再說，這回的比武雖然不像樣，卻也有其教訓，端看你能否領悟。」

「啊？」

「從比武之中得到的教訓，便是『爭強鬥勝無意義』、『勝負只是一場空』。」

彼我木指著七花說道：

「咎女妹子認為這場比武是個『有益的經驗』，其實不然。從比武之中獲得的經驗全都是無益的，就算有益，也只是徒增傷悲。你和奇策士咎女一道旅行，打打殺殺了一整年，卻什麼也沒學到，所以我才好心指點你。」

「多管閒事。」

七花毫不掩飾不快之情。

「這些道理我當然也懂，可是有時候為了達成目的，不得不爭強鬥勝啊！」

「這不是你的看法，而是咎女妹子的看法吧？」

說著，彼我木轉向一旁，朝咎女所在的方位望去。此時的咎女已挖了自己身高數倍深的洞，看不見她的身影。

「她也一樣。」

彼我木說道：

「老是執著於爭強鬥勝。對她而言，連活著都是種爭鬥。她的目的為何，你也知道吧？其實你並不贊同。」

「…………」

「……你不是贊同，而是同情她，對吧？」

「不是，我並不是同情她，我是——」

「你是愛她？不過啊……」

彼我木諷刺道：

「在我看來，你的感情並非男女之情。」

「妳胡說什麼？」

七花沉聲喝問，然而彼我木不以為意，繼續說道：

「我不過是隨口說說，你又何必這麼認真？這麼點兒小事就要動肝火，要是聽了我對你們的真正看法，豈不立刻昏倒？不過我也沒那個道義告訴你就是了。」

「我不知道妳是仙人還是如來佛……」

七花緩緩起身。他毫髮無傷，卻懶洋洋地提不起勁，動作自然就跟著慢了下來。

「但妳也太自以為是了。」

「我說的話很刺耳麼？不過這也是你的心魔造成的。你對我不耐煩，是因為你怕我。」

「…………」

「不過即使如此，你還是傻楞楞地接受了我的提議，與我比武，這一點倒是值得讚許。和你比起來，咎女妹子就頑固許多，也狡詐許多啦！她拿挖洞當藉口，根本不靠近我。」

「啊──」

經彼我木一說，七花才發現從一開始就盡是他在和彼我木說話。

從前從未有過這種情況。

「可是咎女也是昨天傍晚才知道妳是我和她的恐懼化身啊！」

「於你而言，反映了恐懼的是我的外貌，所以你察覺得晚；然而於咎女妹子而言，卻是我的性格，想必她早已發現啦！不過……我想她會繼續視而不見，終此一生。這也是一種活法。」

彼我木說道，語氣依舊輕佻。

「其實我都說出了誠刀的埋藏之處，她大可不必乖乖照我的要求親手去挖，交給你發落便成了。」

「是你不准我插手的啊！」

「可是是咎女妹子決定遵從我的要求啊！她大可以翻臉不認帳。」

「言而有信是值得讚許的行為吧？」

「不錯，她便是渴望受人讚許。」

彼我木諷刺道：

「我不知道她是希望被過去的自己讚許，被將來的自己讚許，或是被老天爺讚許；不過這正代表她未能克服自己的恐懼。因為她心虛，所以才力保理直，以求氣壯。」

彼我木頓了一頓，窺探七花的反應之後，方才說道：

「她忘了一件很重要的事。」

「很重要的事？是什麼？」

「誰曉得？我看不見她的記憶，無從得知，不過我可以確定她忘了某件很重要的事。只要她不面對自己的恐懼，就決計想不起這件事。如果她不願想起，那倒無妨；不過──」

彼我木也跟著七花起身。

她起身之後的個頭還不到七花一半，卻帶給七花一股難以言喻的壓迫感，彷彿是從低處睥睨著七花。

「這是種短命的活法，要不了多久就得向閻羅王報到啦！為了達成目的，或許不得不爭強鬥勝；不過人最大的目的便是活著，為了目的而捨生，豈不愚蠢？」

「為達目的不惜生命，不是種值得敬重的活法嗎？難道成了仙人，想法便不同了？」

「那倒不。」

彼我木嘲笑道。

「因為我根本什麼也不想。縱使我看來若有所思，也是你們的錯覺。」

「………」

故弄玄虛，自以為是，冷嘲熱諷，百般刁難。

這哪叫仙人啊？七花暗暗想道。

不過她說的話倒也不無道理。七花之所以覺得句句帶刺，或許是因為她的話激起了七花的恐懼吧！

「我來打個比方吧！鑢老弟。」

彼我木說話時並未注視七花，而是望著咎女所在的方位；又或許她注視的是她的誠刀「銓」。

最為誠實的刀……？

「你認為一個人要達成自己的目的，得要妨礙多少人的目的才成？」

「…………」

「天下間沒有皆大歡喜的方法。一個人的幸福是建立在許多人的犧牲之上，這一點應該不用我說吧？人光是活著，便已經犧牲了別人。」

「……那又如何？咎女並沒追求幸福，她向來是在犧牲自己。」

「這就是咎女妹子一直不願正視的一點，我想她自己也心知肚明。我不知道咎女妹子有何目的，但我知道她的目的絕不值得犧牲自己與別人。」

「可是……」

「你也一樣。」

彼我木不容七花反駁，續道：

「在蒐集四季崎記紀之刀時，你也殺了不少人，阻礙了許多人的第一目的——活命，是不是？」

「…………」

真庭蝙蝠、宇練銀閣、敦賀迷彩、錆白兵、覬覦日本第一高手之名的挑戰者，以及親生姊姊鑢七實。

這些人全都被七花所殺。

「鑢老弟，人死了便不能復生。」

彼我木說道：

「你卻連這麼簡單的道理都視而不見，咎女妹子也一樣。她以為她面對了，其實卻閉著眼。在我看來，你和咎女妹子都一樣，覺悟還不夠。」

她又說道：

「『銓』便是天秤之意。鑢老弟，你不妨想想自己的所作所為是否值得。這句話能請你代我轉達給咎女妹子麼？她不肯和我說話。」

「嗯……」

七花不情不願地點了點頭。

「銓」便是天秤之意。

七花反覆咀嚼著這句話。

他覺得彼我木輪迴這個仙人才像天秤，掂量著人心。

「等到下回休息時，我會轉達的。」

「那你現在就去吧！」

彼我木望著咎女所在的方位說道：

「咎女妹子耗盡了力氣，現在正在洞裡休息呢！」

■■

有種拷問法，是要人不斷地挖洞埋洞；

單調的活兒能把人逼瘋，這便是一個好例子。

當然，奇策士咎女的意志可沒脆弱到因此發瘋的地步；只可惜她意志雖堅，體力卻是不濟。

她捱過漫長的旅途，走過因幡沙漠、踊山及不要湖等荒僻之地，足見她的體力絕不在常人之下，但畢竟不出常人的水準。

獻計籌策者曰策士，獻妙計、籌奇策者便為奇策士。不習武藝，不攜刀劍，只憑一己謀略跨越重重困境的軍師本就無須鍛鍊身體，而她的原則也不容她如此。

正因為如此——

「咎女！」

奇策士咎女一如彼我木輪迴所言，倒在洞中。

見狀，七花毫不猶豫，立即縱入洞中，緊緊抓住咎女的雙肩，用力搖晃；這對於昏厥的人而言，乃是相當危險的舉動，不過這回七花運氣好，倒是奏了效。

「唔……」

咎女睜開眼睛。

「呃……哦，原來是七七啊！」

「別這麼叫我啦……喂，妳不打緊吧？」

「……嗯，只是昏厥了片刻。」

咎女雖然昏厥，卻未放開鏟子。

她渾身上下都是塵土，只擦了擦臉，又要開始挖土。

「喂，妳好歹歇息一會兒啊！」

「現在還不到休息時間。」

「妳該分配的不是時間，而是體力。妳應該能估算自己的體力吧？」

「哼……」

咎女不聽七花勸阻，開始剷土。只見她把土剷起，放入一旁的木桶之中；

待桶子裝滿了，便拿著它爬上繩梯，以此類推，不斷反覆。

依七花目測，現在的深度約有五丈，好不容易才挖到了一半。

和昨天相較之下，今天咎女光是一上午便挖了不少，看來是抓到了挖土的訣竅，果然聰慧伶俐。不過七花見狀，卻不由得操心起來。

因為咎女挖得越快，便代表她越是操勞。

「……呃，我有件事要同妳說。」

「有事同我說？」

「對，我想和妳打個商量。」

其實七花根本沒事和咎女商量，不過只要這麼說，至少咎女在聽他說話的時候會停下手邊的活兒。咎女並非看不出七花的企圖，不過自己的手下畢竟是出於一番好意，她也不好一口回絕。

她的全身筋骨雖然酸痛不堪，但精神可還沒累到拒人於千里之外的地步。

打商量——

眼下該商量的也只有彼我木輪迴之事。

「方才我和彼我木依約比試，結果是亂七八糟。」

「唔？爾輸了？」

「不，沒輸——」

七花皺眉說道：

「可是也沒贏，根本分不出勝負，因為那傢伙只顧著逃。」

七花將比武的經過及當時彼我木的戲言一五一十地描述給咎女聽。

咎女冷著一張臉聽七花說完之後，道：

「胡說八道。我不知道什麼勞什子誠刀防衛，像她那樣只守不攻，根本沒完沒了，只是怯戰而已。」

「我當時只覺得被她耍了，一股火直冒；不過仔細一想，這也是種手段啊！比武原本就是要雙方同意才能成立，若是一方不比，剩下一方就別想贏了。」

「那倒不見得。」

咎女說道：

「彼我木這個戰略有個極大的破綻，只要抓住這個破綻，無論她如何固守，爾都能得勝。」

「極大的破綻？」

彼我木的戰略，乃是將所有力量全用在防守之上；這不是仙術，而是戰術，會有什麼破綻？

「既然有破綻，就快告訴我啊！我明明沒輸卻像輸了一樣，心裡惱得很呢！我一看到那傢伙的嘴臉就有氣，一定要給她點兒顏色瞧瞧。」

「真是的……爾偶爾也該動動自己的腦筋吧？這個破綻便是——」

咎女正要指點七花，誰知話說到一半，卻突然停下了動作；只見她瞇著眼睛沉默片刻，方又說道：

「是麼……原來是這麼回事啊？不，原來是這個意思啊——」

「咦？」

瞧咎女開始喃喃自語，七花慌了手腳；但咎女並不理會他，只是拿起鏟子，插入土中。

「還真是惹人嫌的性格啊！」

還有五丈深，只有五丈淺；但鏟子已經劃著了泥土以外之物，發出了「喀茲」一聲。

「咎、咎女？」

「哼！看來……」

她露出苦笑，恨恨地說道：

「我是被耍啦！」

六章　飛驒鷹比等

■
■

又隔了一天，奇策士咎女才去找誠刀「銓」的主人，仙人彼我木輪迴。

彼我木一如往常，理所當然地坐在小岩石之上；這會兒不知她又打著什麼主意，居然嗶嗶地吹起草笛來了。

她一察覺咎女走近，便不再吹奏，手一鬆，任草笛隨風而去。

「呦！」

彼我木嘻嘻笑道：

「今天換妳來啦？咎女妹子——奇策士咎女妹子，妳不是忙著挖洞麼？」

「……哼！」

咎女不陪彼我木耍嘴皮，只是用鼻子哼了一聲，便在彼我木跟前盤腿坐下，並不在意弄髒了衣飾。

咎女攜帶的衣物極多，日日更換，現在身上的這一件還是乾淨的；不過挖了四天的土，她已經習慣滿身塵土了。

「鑢老弟呢？怎麼不見人影？他如此人高馬大，百刑場裡應該沒地方藏得住他吧？還是妳把他埋到坑裡去了？」

「我要他到附近的村子去採買食糧。不過七花再怎麼蠢笨，應該也知道這是支開他的藉口。」

說著，咎女從懷中取出了「某樣物事」。

那樣「物事」乃是把刀柄──連著護手的刀柄，如此而已。

「這就是誠刀『銓』沒錯吧？」

「何必問我？鑢老弟能鑑定變體刀，一看便知，不是麼？」

彼我木雖然這麼說，卻又肯定了咎女的問題。

「嗯，沒錯。」

這把沒有刀身，只有刀柄及護手的刀，正是誠刀「銓」。

「話說回來，妳發現的時間比我料想得還要早。我原以為妳一輩子都找不到呢！」

「哼！什麼十丈？根本是胡謅。刀是埋在五丈深之處。」

「誰教我活了好幾百年？五丈之差於我而言，如同毫釐。」

彼我木裝瘋賣傻。

「再說，莫說十丈，若是妳不夠靈光，只怕挖上一百丈也找不到誠刀。」

「唔？這話是什麼意思？」

「妳應該領悟了什麼吧？否則誠刀不會出現在五丈淺的地方。反過來說，若是妳一開始便能領悟，早在妳剷土的那一剎那就找到誠刀了。」

「哈！真虧妳能臉不紅氣不喘地說這些鬼話。我猜妳是算準了我何時察覺妳的用意，事先將誠刀埋在那個位置吧？」

「這個解釋很合理。不過就算是如此，咎女妹子，倘若妳依舊只重攻擊，挖到這把只有刀柄及護手的刀時，會認為它是四季崎記紀的完成形變體刀麼？」

「……應該不會吧！」

咎女不情不願地承認。

「不過我可依靠七花的共鳴。」

「他的共鳴只能證明眼前的刀不是變體刀，並不能證明眼前的刀正是變體刀。他不也說過，見到絕刀『鉋』時並無感覺？」

「我的手下太多嘴了。」

「別這麼說嘛！在我看來，他已經很了不起啦！」

彼我木吊兒郎當地說道。

「如妳所聞，我便是你們二人恐懼的表象；不過七花的恐懼只反映於我的外貌，我的性格及人格大多是出自於妳的恐懼。咎女妹子，妳認為這代表著什麼意義？」

「…………」

「我來打個比方。以七花的經歷來看，照理說應該懼怕父親遠勝於懼怕姊姊，但實際上卻不然。這或許是因為他率真，或許是因為他蠢笨，不過在我看來，是因為他大而化之。」

「妳對他還真是讚不絕口啊！」

「別擔心，我在他本人面前可沒誇過他半句，因為我個性乖僻——唉，不乖僻豈能成仙？」

彼我木咯咯笑道：

「就這層意義之上，妳也有成仙的資質啊！咎女妹子。妳的乖僻可不是常人所能及。妳認為我是算準時機，事先埋刀，其實不然。我根本料不出妳會何時發現誠刀。」

「妳透過七花打了那麼多啞謎，豈會料想不到？」

咎女說著，拿起了只有刀柄與護手的無刃刀——誠刀。

「誠刀『銓』正如其名，乃是一把用來掂量自己的刀，對吧？它不是用來斬人，而是用以斬己——用來測試自己，瞭解自己。所以它是把無刃之刀——亦即無刀。」

「答得好。」

彼我木裝模作樣地拍了拍手。

「其實只要稍微一想便明白了。日本刀埋在土中，豈能不損不壞？不過既然沒有刀身，便不成問題。」

「我不中意這種從答案倒推回來的思考方式，不過倒是挺有妳的風格。」

「……這種惹人厭的性子……」

咎女恨恨地說道：

「也和他一模一樣。」

「一模一樣？哦，我的性子？千萬別誤會，並非是我窺探妳的心房，故意化身為妳所恐懼的人，而是妳自己的心魔所致；所以妳說的『他』是誰，我壓根兒不明白。妳願意告訴我麼？」

「…………」

「妳放心，我是仙人，口風緊得很，不會到處張揚。」

「……是我爹。」

咎女猶豫一陣過後答道：

「不過我不能說出他的姓名與來歷。妳的性子便和我爹一模一樣。」

「是麼？妳爹一定很惹人厭。」

明明是自個兒的事，彼我木卻說得事不關己；不，的確事不關己。

這一點也和咎女她爹一模一樣。

咎女之父，即是奧州霸主飛驒鷹比等；咎女向來怕他，避之唯恐不及。

正因為如此，咎女眼中的彼我木才會化成這副模樣。

「妳爹還在人世麼？這性格如此鮮明，應該還活著吧？莫非妳和他是對頭？」

「他已經死了。無論是生前或死後，我從沒和他作對過。」

咎女答道：

「我可說是為了我爹而活，完成形變體刀也是為了我爹而蒐集，豈會是對頭？」

「不過妳卻怕他。」

彼我木一派輕鬆地說道：

「對吧？妳承認了這一點，才能發現誠刀『銓』，不再避著我。否則妳挖到了誠刀，根本犯不著來向我報告。」

「……面對自己的恐懼……」

表面上看來，咎女對彼我木之言置若罔聞，其實卻是正面回應。

「不移開視線，不閉上眼睛——說起來簡單，做起來卻困難。」

「哦？其實妳心裡也很明白嘛！」

彼我木說道：

「不過能在筋骨發疼之前找到，就該慶幸啦！」

「我現在已經筋骨酸痛，全身疼痛欲裂了。」

咎女對著彼我木甩了甩雙臂，說道：

「不過坦然面對妳之後，我想起了許多事，這一點倒該感謝妳。」

「哦？妳想起了什麼？我看妳忘記的事應該不少。」

「我爹臨終時的遺言。」

咎女記得飛驒鷹比等臨死前的樣子，也清清楚楚地記得刺客鑢六枝的樣貌；不過她卻忘了飛驒鷹比等死前的遺言，甚至忘了自己遺忘遺言之事。

「不過這些回憶雜亂無章，一時之間難以理出頭緒。」

「那我就順道問問啞謎的答案吧！」

彼我木的語氣當真只是順道問問。

「鑢老弟為何沒再來找我比武？以妳的本事，一眨眼的時間便能想出讓他得勝的方法吧？」

「……七花的戰力有十分，妳的戰力有七分；七花將戰力均分為二，攻防各半；而妳則將七分戰力全數用在防守之上，因此戰力便成了五比七，是麼？」

咎女淡然說道：

「既然如此，那就好辦了。既然妳將全數戰力用於固守之上，七花便用不著防守，可以十分戰力進攻。這麼一來，戰力便成了十比七。」

「答得好！」

彼我木對於咎女的答案極為滿意，從容地點了點頭。

「這也是知易行難之事，不過有妳指揮，鑢老弟應該辦得到。妳為何不指點他？如此一來，也可以一解他心中的悶氣。」

「因為我悟出了另一個道理。」

這是咎女的另一個領悟。

「七花若將十分戰力全用於防守之上，莫說一決高下，連武都比不成。換言之——」

咎女垂眼看著誠刀「銓」。

不，誠刀並無刀身，豈能目視？

「放棄進攻雖然無法得勝，結果卻與得勝相同。」

「……所以呢？」

彼我木催促咎女繼續說下去。

咎女點了點頭。

「我不得不承認妳說得沒錯。若是我沒悟出這個道理，即便見了這玩意兒，也絕不會認為它是一把刀，只會把它當成刑場裡的垃圾，和其他的破銅爛鐵一塊兒丟棄，根本不會動起找七花鑑定的念頭。我一直以為刀的主體是刀身，是那不彎不折又鋒利的海綿鐵；現在的我並不否定這個看法，不過卻發現了還有別種看法。」

刀柄與護手也是刀的一部分。

咎女說道：

「沒有刀身，就不需要保護刀身用的刀鞘；只要有刀柄與護手，便能緊握決心，面對自我。」

「答得好，夠敏銳。是我提示得太明顯了麼？」

彼我木說道。

不錯。這一點又和咎女她爹如出一轍。

飛驒鷹比等亦是個多話之人，但他多的不是廢話，而是金玉良言。

「咎女妹子，妳還挺聰明的。」

「……沒想到一個小女孩用高人一等的態度說話，會教人如此火大。也罷，彼我木，既然我答對了，妳可否回答我一個問題，作為獎勵？」

「可以啊！別說一個，要問幾個都行。」

「妳說誠刀『銓』是四季崎記紀親手交給妳的，那麼舊將軍率領大軍前來奪刀之時，妳如何應付？戰國時代的妳又在做什麼？」

「戰國時代，我周遊各國，四處征戰。我雖是仙人，卻無法置身於戰事之外；所以我便無為而戰，為凡人所不為之事——使用誠刀『銓』四處抑止戰爭。」

「至於舊將軍奪刀麼，就更簡單了。兵士越多，恐懼也就越多樣化，驅逐大軍根本不費吹灰之力。」

「或許便是因為妳有這種本事，四季崎記紀才會把刀託付給妳。不，是刀選擇了妳為主人——」

刀選擇主人，卻不選擇砍殺的對象；不過誠刀沒有刀身，欲殺人也不可得。

「既然妳說問幾個都行，那我就不客氣了。四季崎記紀是個怎麼樣的人？

妳和他是朋友，應該很清楚吧！」

傳奇刀匠四季崎記紀，乃是實質上支配戰國之人。他的來歷與背景至今仍是一團謎。

「唔，該怎麼說呢？是個很否定的傢伙。」

「否定？」

咎女聞言，面露疑惑之色，心中若有芒刺。她覺得這個字眼十分耳熟。

「畢竟是很久以前的事啦！我早忘得差不多了。他從我身上看到的，竟是自己的內心深處；一般人怎麼會怕這種玩意兒？最後他否定自己的恐懼，別開視線，閉上眼睛，把誠刀『銓』硬塞給我，自個兒拍拍屁股便走了，簡直是替我找麻煩。」

彼我木說道：

「所以我只好找人來接收這個燙手山芋，不過豈有這麼簡單便找著？我又不想中這種玩意兒的毒，所以就把它埋到地底下去啦！」

「……刀不是最近才埋的麼？」

「不，一到手我就埋了。」

彼我木答道：

「所以咎女妹子，妳的推測並不正確，我確確實實是一拿到刀便埋了它。後來上頭築了座城池，城池付諸一炬之後，又變為刑場——時代是會流轉的啊！」

「…………」

是麼？

原來四季崎記紀的完成形變體刀便埋在飛驒城之下，所以飛驒鷹比等才會察覺歷史的扭曲。

咎女終於明白了。

原來爹攻打尾張幕府，犧牲一切，置家人及部下於險境，全都是為了歷史。

「唉，別提這個了。這把刀鑄成之際——」

彼我木指著咎女手上的誠刀「銓」。

「四季崎記紀心目中的變體刀也近乎成形了。」

「成形？這話可怪了，完成形變體刀不就是四季崎記紀心目中的變體刀成形之後的成品麼？」

「……咦？咎女妹子，難道妳不知道？」

彼我木微微頷首，語氣依舊輕佻浮滑。

「妳什麼也不知情，便帶著鑢老弟一道旅行？妳連鑢老弟為何能鑑定變體刀都不知道？」

「……？什麼意思？」

「我才想問妳是什麼意思呢！沒想到妳居然完全不知道——試作了十二把完成形變體刀之後而成的完了形變體刀，正是虛刀『鑢』啊！」

「七——七花是完了形變體刀？」

「不光是鑢老弟，整個虛刀流都是。」

聞言，咎女想起了四月時的事。

劍聖錆白兵曾言，虛刀流乃是四季崎記紀的遺物。

他提到了記紀的血統，又說自己乃是個失敗作。

當時咎女完全不解其意，然而錆卻說道，只要咎女二人繼續集刀，總有一天會明白他這一番話的含意。

莫非現在便是時候？

「夫血統者，血刀是也。哎，真虧妳一無所知還能找上門來。我見妳帶著虛刀，便以為妳是『夠格』接收誠刀這個燙手山芋之人，原來是我誤會了。所幸結果倒也圓滿。」

「……四季崎記紀與虛刀流開山祖師鑢一根確實是同一個時代之人。」

他們都是活躍於戰國沙場之人。這麼說來，這兩人之間有所關連？虛刀流的成立亦與四季崎記紀有關？

完了形變體刀——虛刀「鑢」！

「所以這把刀才沒有刀身？」

「誠刀『銓』是四季崎記紀後期打造的刀，或許是有這層涵義……既然妳在不知情的狀況之下都能一路集刀至此，現在知道了此事，也不會有所改變吧？咎女妹子。」

「…………」

沒錯。

七花的來歷與虛刀流成立的因緣並不重要；集刀於咎女而言只是種手段，

達成目的、為父報仇的手段。

然而如此一來，砍下飛驒鷹比等首級的便不再是鑢六枝一人，而是虛刀「鑢」——這個無可改變的事實在咎女的心裡掀起了某種變化。是何變化，眼下仍不得而知。

「……總歸一句——」

咎女打住話頭，站了起來。

「誠刀『銓』我就收下了，多謝。」

「不用謝我，我什麼也沒做。妳該謝的是自己。」

「哼，隨妳去說吧！……七花差不多也該回來了，我就告辭了。我沒把洞填平，不打緊吧？」

「不打緊，可妳為什麼不填平？」

「我不想浪費功夫。」

「是麼？我以為妳要留著當自己的墳墓。我還擔心要是妳開口託我替妳辦後事，該怎麼辦呢！」

「……妳替我上了一課。」

咎女將誠刀「銓」收進懷中，背向彼我木，不讓她看見自己的神情。

「讓我知道原來世上也有妳這種戰術。經過這回的教訓，我的奇策定能更加多元。平手或許是個令七花氣悶的結果，不過人為了達成目的，有時是須得承受這股氣悶的。」

「這次妳答得可就不好了。」

彼我木吊兒郎當地說道：

「有時人為了達成目的，必須放棄目的——這才是妳這回應該學得的教訓。雄心、野心及復仇心，皆是為了真正目的而該放棄的目的。」

「……這一點我可不敢苟同。」

咎女依舊背對著彼我木，說道：

「所有物事都可以放棄，唯獨目的不行。」

「雖然妳克服了恐懼，但頑固的性子還是沒變。也罷，如果這是妳的生存方式，就貫徹始終吧！對了……」

最後，彼我木輪迴問了奇策士咎女一個問題。

「妳爹臨終前的遺言是什麼？」

「……哼！那還用得著問麼？」

咎女頭也不回地答道：

「一個做父親的還能對女兒說什麼話？更何況是我這麼一個可愛標致的女兒。」

「他到底說了什麼？別賣關子啊。」

「『妳是我最愛的寶貝！』」

咎女靜靜地說道：

「真是的……也不想想我是多麼畏懼他。」

她露出了一抹哀愁的微笑，卻是彼我木所無法看見的。

終章

■ ■

為了集齊四季崎記紀的完成形變體刀，鑢七花一路征戰。

第一戰對上真庭蝙蝠，以「七花八裂」制勝。

第二戰對上宇練銀閣，以「落花狼藉」制勝。

第三戰對上敦賀迷彩，以「鏡花水月」制勝。

第四戰對上錆白兵，以「百花繚亂」制勝。

第五戰對上校倉必，判決得勝。

第六戰對上凍空粉雪，判決落敗。

第七戰對上真庭狂犬，以「飛花落葉」制勝。

第八戰對上鑢七實，敗在「雛罌粟」至「沉丁花」的混合連打之下。

第九戰對上鑢七實，以「蒲公英」制勝。

第十戰對上日和號，判決得勝。

第十一戰對上汽口慚愧，手腕中刀落敗。
第十二戰對上汽口慚愧，擊中顏面獲勝。
第十三戰對上汽口慚愧，以「百花繚亂」制勝。
第十四戰對上汽口慚愧，對手認輸。
第十五戰對上彼我木輪迴，不分勝負。

共計十五戰十一勝三敗一和。

■■

「我也是四季崎記紀所鑄的變體刀之一？」

離開百刑場，到了陸奧與出羽的邊境地帶，鑢七花才聽懂了奇策士咎女的說明。他抬頭仰望天空，喃喃說道：

「連同十二把完成形變體刀在內，舊將軍求之不得的千把變體刀原來都是為了鑄成我這把完了形變體刀而鑄的試作品？真教人難以置信。」

「正確說來，完了形變體刀不是爾個人，而是虛刀流全派。開山祖師鑢一根、令尊鑢六枝，以及或該算是例外的鑢七實……全都是虛刀『鑢』。」

「是嗎？不過縱使如此，那又如何？再說，這話是那個吊兒郎當的彼我木說的，搞不好只是為了擾亂妳的心神而胡謅一通呢！」

「她的性格的確吊兒郎當，又愛故弄玄虛；不過我爹不會為了戲弄別人而撒謊。」

「是嗎？」

「嗯。我爹向來說真話來戲弄別人。」

咎女與七花並肩走在街道之上，打算直接返回尾張。

「不過我還是覺得這事無關緊要，頂多就是解釋了我為何能與變體刀產生共鳴而已。」

「爾未免太大而化之了，偶爾也該煩惱一下吧！罷了，這也是爾的長處。」

「或許我不善用劍，就是四季崎記紀下的詛咒。這就是錆說的束縛嗎？……對了，咎女，接下來該怎麼辦？搞不好一回尾張，否定姬又要急著趕咱們出城。」

「若是否定姬又提供剩餘兩把刀的消息，到時再看著辦吧！」

「唔……終於只剩兩把刀了。」

七花說道。

剩餘的兩把刀，便是毒刀「鍍」與炎刀「銃」。

這兩把刀位於何方，

為何人所有，

奇策士咎女與鑢七花全然不知。

「妳的野心也達成在即了？」

「還說不準呢！現在談什麼野心、目的，難保那個仙人不會又來多管閒事。」

七花返回之時，彼我木輪迴已然不見人影，消失無蹤。

七花暗想，或許這代表自己與咎女的恐懼已經完全消除了。

「話說回來……誠刀『銓』只有刀柄及護手，沒有刀身，確實是驚奇之作。這回和上回蒐集王刀時一樣，刀本身倒是不難得手。」

「或許正是因為這把刀如此奇特，四季崎記紀才把它交給那個仙人。」

「是啊！不過一旦持刀便想砍的，居然是佩刀之人自己，實在是本末倒置。」

「所以這把刀才沒有刀身。難怪仙人要把刀埋入地下了……話說回來，她一個女孩子家——不，仔細一想，她應該不是女孩兒，只是咱們看起來是那副模樣而已。」

「嗯，她是仙人，或許並無性別之分。可以確定的是，以後我們不會再見到她了。彼我木的事就別再提了吧！倒是四季崎記紀這個傳奇刀匠打造變體刀、完成形變體刀及完了形變體刀，究竟有何目的？舊將軍蒐集變體刀的真正目的又是什麼？他為何失敗？看來是到了仔細思索的時候了。」

「我倒覺得等剩餘兩把完成形變體刀到手以後，再來想這件事也不遲。」

「不成，這種事須得早做打算，方能臨機應變。」

「哦……」

四季崎記紀、舊將軍、否定姬與右衛門左衛門，還有真庭忍軍……該思考的問題有一籮筐。

當然，動腦的是咎女，並非七花；不過七花也不能置身事外。

因為剩下兩把刀集齊之時，便是咎女與七花的旅程告終之際。

這趟漫長的旅程即將結束。

七花滿腦子都是這件事，根本無暇去關心虛刀流的由來。

七花乃是咎女殺父仇人之子，旅程結束之後，咎女打算如何處置七花？

「關於毒刀與炎刀這兩把刀之事，也得好好想一想。炎刀是把怎麼樣的刀，難以揣測……不過毒刀倒是不難想像。從字面猜想，毒刀與解毒之刀王刀應該完全相反。」

「想太多也沒用。之前奪雙刀的時候，不就完全猜錯了？說到與王刀『鋸』完全相反的刀……」

七花發現已進入出羽了，便說道：

「難得到出羽來了，要不要順道去將棋村一趟？」

「為什麼？」

咎女一臉嚴肅，甚至可說是面無表情地反問道。

見狀，七花嚇得連忙噤聲。

「去做什麼？找汽口慚愧是不是？啊？」

「妳也用不著耍狠吧……」

「嗟了！」

咎女揍了七花的肚皮一拳。

若是七花繃緊腹肌，只怕反而傷了咎女的拳頭，因此七花接招時並未使勁。不知是不是七花多心，他覺得咎女的拳頭威力似乎增了幾分；看來挖掘誠刀「銓」對於鍛鍊咎女的細小手臂頗有助益。

只不過是多餘的助益……

「哼！天生神力的粉雪或天賦異稟的七實倒也罷了，爾之所以敗給汽口，不過是因為受制於規則而已，為什麼對她懷有畏懼之心？簡直莫名其妙！」

「妳的醋勁未免太強了。」

「還有，如同彼我木所言，爾雖畏懼姊姊，卻不畏懼父親，也是件奇事。我原以為爾同我一樣，在鑢六枝面前抬不起頭。」

「唔，我的確不怎麼怕我爹。反倒是妳居然怕妳爹，才教我意外呢！瞧妳一心為父報仇，我還以為妳對他敬愛有加。」

「父子之間爭執是在所難免之事，無論你我皆然。虛刀『鑢』一族……這麼一提，七實也曾說過類似的話語，或許她知道什麼。」

「可我什麼也不知道。」

「不用爾說我也明白。如果爾知道，事情就好辦了……總之儘快回尾張吧！不去將棋村了。」

「妳在賭氣啊？」

「決計沒有。」

咎女斷然說道，又道：

「對了，也該把我爹叛亂的理由告訴爾了。」

「理由？不就是不滿尾張幕府的所作所為，企圖一統天下——」

「這也是一個理由，但主要卻是為了歷史。」

「歷史？」

「對，我想起他曾說過，他是為了歷史，為了糾正錯誤的歷史，為了顯示歷史的錯誤而興兵。當年我年紀還小，不明白他話中的含意，只能揣測其意；不過既然飛驒城地下埋藏著完成形變體刀——」

話說到這兒，咎女二人停下了腳步。

七花與咎女早就習慣邊走邊說話，絕不是因為聊得出神而忘了走路。那麼他們又是因何停步？

因為眼前的路被堵住了。

有個孩童倒在咎女二人跟前。

「……？喂，你還活著嗎？」

七花喚道，連忙奔向孩童身邊，咎女緩步跟了上去。

七花將那孩童的身子翻轉過來一看，

是個年紀還不到十歲的幼童。

「好像還活著，不過受了傷。」

那孩童胸口有道切痕，顯然是為刀所傷，血跡斑斑。

「別搖晃他，將他輕輕放到地面上，別觸動傷口。」

咎女搶先說道。

不久之前，她才身受七花搖晃之害。

「嗯。」

七花依言而行，咎女隔著他的肩頭觀視那孩童。

「……唔？這傢伙是——」

「救……」

那孩童還留有些許意識。七花見他傷口甚大，還以為他早已昏厥了。

「救、救命……」

孩童氣若遊絲地說道，雙眼並未看著七花。

「求求你……救命……」

「我知道，你別說話，我現在就給你喝水。血好像已經止住了……是不是該消毒一下？」

「不、不是……不用管我，別管我。」

身著無袖忍裝，全身纏繞鎖鍊，裝扮奇異的孩童——真庭企鵝說道：

「請救救鳳凰大人。」

■

■

奇策士與真庭忍軍。

他們這段時而合作，時而反目的因緣終將有個了結。

（誠刀·銓——得手）

（第十話——完）

（第十一話待續）

登場人物介紹 ぬ

彼我木輪迴

年齡	自稱三百歲
職業	聖者
所屬	無
身分	仙人
所有刀	誠刀『銓』
身長	四尺二寸（表面上看來）
體重	五十三斤
興趣	吹草笛

必殺技一覧

誠刀防衛	（效果隨時發揮）

下回預告

交戰對手	真庭鳳凰
蒐集對象	毒刀・鍍
決戰舞臺	伊賀・新真庭里

後記

每個人都有恐懼的事物，而這種恐懼意識是相當難以克服的。不過這個道理太過理所當然，沒什麼好談的，所以我決定談談其他話題。人的年紀越大，感受到「人類的記憶力真的非常靠不住」的機會就越多。無論是繁忙或閒暇之時，人都得面對「記憶」這道牆壁，所以我們或許該把它當成一個謎團或不可思議的現象來探討。有些時候，人會不經意地想起遺忘許久的事；又有些時候，人會把不該忘的事忘得一乾二淨；有些事讓你痛苦不堪，你恨不得快點兒忘掉，可是它偏偏巴住你的腦海不放。我個人覺得最後一種情況是最麻煩的。我以前常想，要是能自由消除自己的記憶，該有多好？就像刪除硬碟上的資料一樣。人類的腦力會退化，難以永遠記住想記得的事，或許是無可奈何；不過忘記不想記住的事呢？是否經過訓練就能達成？聽說有門學問叫做催眠療法，這種療法能否隨心所欲地操控個人的記憶？以現在的人類功能而言（不用試也知道）似乎還是辦不到。人類的「腦」會自行取捨記憶，把須記的事記住，不須記的事封印在腦海深處；不過取捨標準卻是怪到讓人忍不住想向「腦」抗議。該記的不記，該忘的不忘，甚至還會記錯，不知道「腦」子裡到底在想什麼？有機會真想和它好好談談。

本書為長篇小說「刀語」第十卷。到了第十卷，終點已近在眼前，不過寫起來還是跌跌撞撞，沒那麼容易跑完全程。

奇策士咎女與七花的旅程只剩兩個月，我寫起來也格外帶勁；不過仔細一想，乾脆在第十一卷結束故事，第十二卷全部刊載竹的美麗插畫，豈不妙哉？

總歸一句，在此呈上「刀語　第十話　誠刀・銓」。

還剩兩卷！

西尾維新

本書乃應十二個月連續刊行企畫『大河小說 2007』所寫下之作品。

浮文字
刀語 第十話 誠刀・銓
（原名：刀語 第十話 誠刀・銓）

作者／西尾維新　插畫／take　譯者／王靜怡
執行長／陳君平　榮譽發行人／黃鎮隆
協理／洪琇菁　國際版權／黃令歡
執行編輯／呂尚燁　美術編輯／李政儀
企劃宣傳／洪國瑋
發行／英屬蓋曼群島商家庭傳媒股份有限公司城邦分公司　尖端出版
台北市中山區民生東路二段一四一號十樓
電話：（〇二）二五〇〇—七六〇〇（代表號）
傳真：（〇二）二五〇〇—一九七九
中部以北經銷（含宜花東）／楨彥有限公司
電話：（〇二）八九一九—三三六九
傳真：（〇二）八九一四—五五二四
雲嘉經銷／智豐圖書股份有限公司　嘉義公司
電話：（〇五）二三三—三八五二
傳真：（〇五）二三三—三八六三
南部經銷／智豐圖書股份有限公司　高雄公司
電話：（〇七）三七三—〇〇七九
傳真：（〇七）三七三—〇〇八七
一代匯集／香港九龍旺角塘尾道六十四號龍駒企業大廈十樓B&D室
電話：（八五二）二七八三—八一〇二
傳真：（八五二）二七八二—一五二九
馬新經銷／城邦（馬新）出版集團　Cite(M)Sdn.Bhd.
E-mail：Cite@cite.com.my
法律顧問／王子文律師　元禾法律事務所
北市羅斯福路三段三十七號十五樓
二〇二二年九月二版一刷

KODANSHA BOX

■中文版■

郵購注意事項：
1. 填妥劃撥單資料：帳號：50003021戶名：英屬蓋曼群島商家庭傳媒(股)公司城邦分公司。2. 通信欄內註明訂購書名與冊數。3. 劃撥金額低於500元，請加附掛號郵資50元。如劃撥日起 10～14日，仍未收到書時，請洽劃撥組。劃撥專線TEL：(03) 312-4212 ・ FAX：(03) 322-4621。E-mail：marketing@spp.com.tw

國家圖書館出版品預行編目資料

刀語 / 西尾維新 著 ; 王靜怡譯.-- 2版.
--臺北市：尖端出版, 2022.09
面 ; 公分.--(浮文字)
譯自:**刀語**
ISBN 978-626-338-406-4 (第1冊 : 平裝)
ISBN 978-626-338-407-1 (第2冊 : 平裝)
ISBN 978-626-338-408-8 (第3冊 : 平裝)
ISBN 978-626-338-409-5 (第4冊 : 平裝)
ISBN 978-626-338-410-1 (第5冊 : 平裝)
ISBN 978-626-338-411-8 (第6冊 : 平裝)
ISBN 978-626-338-412-5 (第7冊 : 平裝)
ISBN 978-626-338-413-2 (第8冊 : 平裝)
ISBN 978-626-338-414-9 (第9冊 : 平裝)
ISBN 978-626-338-415-6 (第10冊 : 平裝)
ISBN 978-626-338-416-3 (第11冊 : 平裝)
ISBN 978-626-338-417-0 (第12冊 : 平裝)

861.57 111012170